KB092876

기린이 사는 골목

기린이 사는 골목

김현화 지음

푸른책들

| 차례 |

1. 달밤의 대화 • 7

2. 나에 관한 진실 • 27

3. 배화동 저녁 • 45

4. 분홍 달팽이 • 73

5. 복숭아씨를 꿈꾸다 • 101

6. 같은 시선 • 125

7. 찬란한 약속 • 173

8. 강물 소리 • 185

9. 눈꽃 불꽃 • 205

10. 바위새 • 231

작가의 말 • 240

1.

달밤의 대화

배화동 배화로 360번길 골목에 기린이 산다
아프리카의 사바나에 사는 초식동물
아카시아잎을 되새김질하며 유유히 열대의 바람 속을 거닐 때
타각타각 발굽 소리 절도 있는 걸음걸이
사람처럼 일곱 개의 목뼈를 가진 그 모가지 긴 동물
때로는 선인장에 난 꽃도 먹고 바오밥나무 열매도 먹지만
애벌레나 지네 같은 동물질을 먹기 위해 긴 목을 숙이지 않는
튼튼한 일곱 개의 목뼈를 갖고도 원숭이나 사자처럼
날카로운 소리를 내지 않는
그저 아카시아잎이나 되새김질하면서 유유히 대초원을 가로질러
어느 날 이 골목으로 들어선 기린 한 마리 그 모가지 긴 동물

정확히 장미꽃 다섯 송이가 더 피었다. 그렇다고 담장이 환해진 것은 아니었다. 서른 송이쯤 더 피고 나면 가로등 없이도 환할 거고, 백 송이쯤 더 피고 나면 불이 붙은 것처럼 골목까지 환할 것이다. 그때쯤이면 저렇게 담장 위를 걸어 다니는 삼백이 발바닥도 편치 않을 것이다. 어느 꽃이 가시를 숨기고 있는지 알 수 없을 테니까.

오히려 가시가 있어서 편안한 걸까? 삼백이가 담장 위 장미 넝쿨 사이로 웅크리고 앉았다. 선웅이는 녀석의 머리통에 대고 손전등을 깜빡였다. 하나. 둘. 셋. 한 번 돌아볼 만도 한데 삼백이는 잠든 척 웅크리고 앉아 어둠 속을 지켰다. 유리 조각이 박혀 애꾸눈이 된 쪽이 검은 무늬였다면 좋았을 텐데. 머리에서 목으로 이어진 검은 무늬에 가려 하나 남은 눈이 어디를 응시하는지 알 수 없었다.

배꼽이 빠질 것처럼 아랫배가 잔뜩 부푼 달. 가로등 위에서 노랗게 잘 익은 과일처럼 떠 있었다. 선웅이는 달이 너무 익어서 꼭지째 떨어지지는 않을까 조마조마했다. 엄마가 지구로 온 지는 43년, 아버지는 38년, 배화동에서 가장 나이가 많은 권오복 할머니가 지구로 온 지는 99년이 되었어도 그런 일은 한 번도 없었다. 그 달이 뿜어내는 광채에 눌려 선웅이는 눈을 비볐다.

정말로 가시가 있어서 오히려 편안한 걸까? 달빛 아래 도드라진 삼백이의 머리. 여전히 보이지 않는 하나 남은 눈. 그날 남자는 작정하고 삼백이 뒤를 밟았다. 열 보쯤 뒤에서 삼백이

보행 속도에 맞춰 은밀하게. 삼백이는 달빛이 노랗게 물든 골목으로 들어섰다. 여느 때처럼 이복규 할아버지가 샘물 공원에 나누어 둔 고양이용 참치 캔이나 건사료를 먹고 돌아오는 길이었겠지.

새벽 1시 14분이었다. 입맛을 다시며 걷던 삼백이가 인기척을 느끼고 뒤로 돌아선 순간 유리병이 날아왔다. 유리병이 담벼락에 부딪쳐 깨지고 삼백이 비명이 골목에 울려 퍼졌다. 선웅이는 호신용 호루라기를 불었다. 고요한 골목에 경고음이 퍼졌다. 남자는 2층 창가의 선웅이를 노려보며 달아났다. 3주 후에 삼백이는 애꾸눈이 되어 골목으로 돌아왔다. 그 뒤로 삼백이는 땅을 밟고 다니지 않았다. 골목의 담장에서 담장으로 건너다녔다. 장미꽃 환한 작년 이맘때였다.

삐이걱.

은형이가 낡은 회색 대문을 밀고 나왔다. 새벽 2시 8분. 선웅이는 대문 밖으로 나왔다. 담장 위에 핀 장미꽃을 우두커니 바라보고 서 있는 은형이.

"누나, 오늘 다섯 송이 더 폈더라."

은형이는 멍한 시선으로 장미꽃을 보았다.

"이거, 나한테 맡길래?"

선웅이가 은형이 왼쪽 손등을 가리켰다.

"줘, 누나."

은형이는 말 잘 듣는 아이처럼 주먹에서 힘을 풀었다. 은형이가 천천히 골목을 걸었다. 선웅이는 두어 걸음 뒤에서 따라 걸었다. 은형이 그림자가 달빛 속에서 물결처럼 어룽댔다. 선웅이는 그림자를 밟지 않으려고 조심하며 걸었다. 은형이 걸음걸이는 물 위를 걷듯 위태롭게 흔들렸다. 선웅이는 은형이가 중심을 잃을까 봐 뒤에서 손을 뻗고 걸었다. 골목 끝에서 멈추어 선 은형이.

배화동 사람들은 선웅이네 집이 있는 골목을 한의원 골목이라고 불렀다. 선웅이 아버지가 운영하는 태양당 한의원 때문이었다. 한의원 골목 끝에서 왼편으로 돌면 크고 작은 점포들이 늘어선 재래시장이 나왔다. 과일을 파는 남일 상회, 민씨네 건어물 가게, 양푼 순대국밥집, 계룡 옹기점, 불티나 이불집. 오른편으로 돌면 우체국, 동사무소 같은 큰 건물들이 이어졌다. 그 건물들을 지나면 버스가 다니는 2차선 도로가 나왔다. 언제나처럼 한의원 골목 끝에서 망설이는 은형이.

"오른쪽이야, 누나."

은형이가 천천히 방향을 틀었다. 골목을 돌고 나니 불 꺼진 우체국이 나오고 24시간 문을 여는 우량 슈퍼가 나왔다. 선웅이는 힐끗 슈퍼 안을 보았다. 계산대 앞에 사람이 보이지 않았다. 우량 슈퍼 앞에서 2차선 도로를 건너면 샘물 공원이었다.

"누나, 길 건너."

샘물 공원에도 달빛이 바닷물처럼 출렁였다. 은형이는 늘 그랬듯 놀이터 쪽으로 걸었다. 달빛 아래 아이들이 찍어 놓고 간 모래밭의 발자국이 어지러웠다. 은형이는 그 발자국들 때문에 혼란스러운지 그 자리에서 서성였다. 선웅이는 그네가 있는 곳까지 두 발로 모래밭을 밀고 갔다. 어지러운 발자국들이 사라졌다. 은형이가 다가와 그네에 앉았다. 가로등 불빛 속일까? 이팝나무 위로 내려앉은 어둠 속일까? 은형이 눈동자는 알 수 없는 곳에 머물러 있었다.

봄이었고, 황사가 심해서 아이들이 기침을 쏟으며 집으로 돌아가는 오후였다. 선웅이는 휴지통을 들고 분리수거함으로 향했다. 한 무리의 남자아이들이 둥글게 모여 서서 소란을 떨었다. 학교 뒤뜰에서 어슬렁대던 길고양이라도 포위하고 저러는 걸까? 선웅이는 아이들 뒤에서 발을 세웠다. 회오리바람이 모래를 휩쓸며 돌아다니는 교정이었다.

"때 닦고 와, 깜둥이."

고양이가 아니었다. 바람에 단발머리가 헝클어져 얼굴을 덮은 여자아이였다. 그 아이도 휴지통을 들고 있었다. 남자아이 하나가 휴지통을 발로 찼다. 캔이며 우유갑 같은 것들이 발아래로 쏟아졌다.

"뭣 하는 짓들이냐."

축구공을 들고 교실로 돌아가던 체육 선생님의 불호령이 떨어졌다. 남자아이들이 모래알 흩어지듯 사라졌다. 선웅이는 쓰레기를 분리하며 여자아이를 힐끗거렸다. 바람이 한 차례 불었고, 여자아이의 얼굴을 덮고 있던 머리카락이 날렸다. 선웅이는 먹물보다 짙은 눈동자와 시선이 마주쳤다. 12년을 사는 동안 보아 왔던 눈동자 중에서 가장 검은 눈동자. 세상에서 가장 검은 눈동자를 가진 여자아이가 뚫어져라 선웅이를 응시했다.

"밟았어."

여자아이가 나직이 말했다. 선웅이는 눈을 껌뻑였다.

"밟혔다고. 네 발에."

그때서야 선웅이는 오른발을 뒤로 뺐다. 보도블록 사이에 피어난 노란 민들레꽃이 발아래 드러났다.

"미, 미안해."

선웅이는 그 말이 민들레에게 한 건지 여자아이에게 한 건지 헷갈렸다. 여자아이는 대답하지 않고 노란 민들레꽃을 응시했다. 민들레꽃이 바람에 휘청댔다. 남자아이들이 발로 차서 쏟아 버린 쓰레기들이 여기저기 굴러다녔다.

새벽바람이 이마를 쓸고 지나갔다. 빈 그네가 바람을 타고 혼자 흔들렸다. 은형이 눈은 여전히 어둠 속을 응시했다. 눈도 껌뻑이지 않았다. 이팝나무 너머 별똥별 하나가 꼬리를 늘어뜨리며 떨어졌다.

"은형이 누나, 뭐 생각해?"

"……튀기."

"잊어버려. 말 같지도 않은 말."

낮에 이호 자식이 은형이에게 던진 말이었다. 은형이는 대답하지 않았다. 선웅이는 은형이를 보았다. 파르르 떨리는 은형이 속눈썹. 슬픈 눈으로 은형이는 징검다리 건너듯 낮에 들었던 소리를 띄엄띄엄 뱉어 냈다.

"넌…… 너무…… 검게…… 튀겨 냈다……. 밥 맛…… 없는…… 튀기."

은형이는 잊어도 될 말들을 모두 되살려 냈다.

"네…… 아버지가…… 튀겨 냈냐……. 네…… 엄마가……튀겨 냈냐……. 코시안…… 튀기."

은형이 엄지손가락이 단추라도 누르듯 꾹꾹 움직였다. 처음엔 느리게 움직이다가 점점 속도가 빨라졌다. 라이터를 켜는 시늉이었다. 선웅이는 그러지 말라고 고개를 저었다. 은형이의 바른손이 경련이라도 난 것처럼 움직였다.

"누나, 그러지 마."

선웅이는 은형이 손등을 지그시 눌렀다. 놀란 새처럼 파닥거리던 은형이 손이 잠잠해졌다.

"튀기란 말은 태워서는 안 되는 거야. 그 말은 이 세상에 꼭 있어야 하는 말이야. 그 말에 맞는 사람들이 살아가고 있거든. 잘못된 말이 아니야. 이호 그 자식이 쓰는 것처럼 비하하는 뜻도 아니고 모멸감을 주는 뜻도 아니야. 상처를 주라고 있는 말도 아니야. 내가 국어사전에서 찾아봤어. 거기에 튀기가 나와. 인종이 다른 두 사람 사이에서 태어난 아이. 다른 말로는 혼혈아."

"태…… 워……."

은형이 엄지손가락이 벌레처럼 꿈틀거렸다. 선웅이는 그 손을 꾹 눌렀다.

"어떻게 태워. 그럼 누나 자신을 태우는 건데."

은형이가 선웅이를 향해 고개를 돌렸다. 선웅이 눈동자 너머 어딘가를 보고 있었다. 노란 달이 들어 있는 은형이의 검은 눈동자. 북두칠성도 비스듬히 걸려 있는 검은 눈동자.

"튀기…… 태워……."

"함부로 태워 버리면 안 되는 말이라니까, 누나."

선웅이는 목소리가 커지는 것을 눌러 참았다. 은형이는 꿈을 꾸는 중이고, 그 꿈을 소란하게 해서는 안 되는 거였다.

"누나는 함부로 세상에서 지워 버려도 되는 사람이 아니라고."

은형이는 고집스레 어둠 속을 응시했다.

"난 누나가 소리 내 말했으면 좋겠어. 아무렇지도 않은 얼굴로 그러고 있지 말고. 마구 화도 내고 소리도 치고 그랬으면 좋겠어. 나야 이렇게 생겨먹었으니까 어쩔 수 없다 쳐. 누나는 안 그랬으면 좋겠어."

입을 다물고 더 대꾸하지 않는 은형이.

"난 동화 쓰는 사람이 될 거야. 내 말이 잘 익어서 뭔가를 말하지 않고는 못 배길 때마다 동화를 쓸 거야. 그 동화 속 주인공은 언제나 은형이 누나로 할 거야. 누나가 내 동화 안에서 말하고 생각하고 움직일 거야. 빛이 나는 사람이니까, 누나는. 내 동화를 듣는 사람들도 그 환한 빛을 볼 거야. 누나는 그런 사람이야. 나, 현선웅한테."

그 말을 하고 선웅이는 좀 부끄러웠다.

"그러니까 약속해, 누나. 다시는 누나 자신을 태워 버리겠단 소리 같은 거 안 한다고."

선웅이는 은형이 눈앞에 손가락을 세웠다. 은형이는 반응하지 않았다. 선웅이는 은형이 눈을 들여다보며 말했다.

"누나가 꿈을 깬 순간 나를 기억하지 못해도 좋아. 하지만 내가 하는 말들은 꼭 기억해 줬으면 좋겠어. 내일도 모레도 그리고 그다음 날에도 또 그다음 날에도 내 말이 환청처럼 누나의 귓가에 울렸으면 좋겠어. 난 그걸로 좋아. 나, 현선웅은 기억 못해도 좋아."

거짓말이었다. 선웅이는 은형이가 자기도 기억해 주길 바랐다. 목이 좀 막히는 느낌이었다. 무언가 떨어지는 소리가 났다. 이복규 할아버지가 수레를 끌고 지나가는 소리. 새벽 달빛에 의지해 파지를 주우러 다니는 이복규 할아버지. 우량 슈퍼 앞에서 종이박스들을 리어카에 싣고 있었다. 눈이 보이지 않을 만큼 눌러쓴 벙거지모자, 코까지 끌어올린 마스크, 목에 두른 목도리, 하얀 면장갑을 낀 손, 왼쪽으로 기운 몸, 그래서 걸을 때마다 몸이 좌우로 크게 흔들리는 이복규 할아버지.

"누나, 집에 가자."

이복규 할아버지가 덜컹덜컹 리어카를 끌고 우체국 쪽으로 멀어졌다. 2시 28분, 돌아갈 시간이었다. 은형이가 그네에서 일어나 모래밭을 건넜다. 선웅이는 서너 걸음 뒤에서 은형이를 따라갔다.

"천천히, 누나."

은형이는 2차선 도로를 건너 우량 슈퍼 앞에서 우체국 쪽으로 걸었다.

"잘 간다, 누나."

한의원 골목 왼쪽으로는 새로 지은 일곱 채의 집이 줄지어 있었다. 그중 여섯 번째 이층집과 바로 옆에 붙은 일곱 번째 건물이 선웅이네 집이었다. 일곱 번째 건물은 선웅이네 아버지가 운영하는 태양당 한의원이었다. 오른편으로는 지은 지 50년도 넘었다는 낡은 기와집 세 채가 묵정밭을 끼고 늘어서 있었다. 그 가운데서도 땅으로 가장 납작하게 엎드린 기와지붕이 은형이네 집이었다. 담장보다 지붕이 낮은 집. 기왓장이 깨지고 떨어져 나가 파란 비닐 천을 덧대어 놓아서 그 모양이 마치 거북 등을 닮은 집. 몇 년째 새 건물을 짓는다고 땅 주인만 왔다 갔다 하고 억센 잡초만 무성한 묵정밭 바로 옆집이 은형이네 집이었다.

"잘 자, 누나."

선웅이는 소리 나지 않게 회색 대문을 밀었다. 은형이가 연기처럼 그 안으로 빨려 들어갔다. 불 꺼진 마당을 건너가는 은형이를 지켜보느라 선웅이는 목이 길어졌다. 담장 위에서 잠을 청하던 삼백이가 얼굴을 들었다가 도로 몸을 웅크렸다.

"누나, 외로워하지 마. 누나는 혼자가 아니니까."

선웅이는 불 꺼진 방으로 들어가는 은형이를 지켜보았다.

'내가 보고 있으니까. 누나를 대문 밖에서도 바라보고 2층 창문에서도 내려다보는 오래된 내 맘이 있으니까. 한 번도 꺼진 적도 없고 희미해진 적도 없는 내 맘이 이렇게 누나 뒤에 있

으니까.'

그날부터였다.

"때 닦고 와, 깜둥이."

아이들이 은형이가 들고 있던 휴지통을 발로 차 떨어뜨렸던 그날. 선웅이는 2층 창문에서 은형이를 보고 있었다. 세상에서 가장 검은 눈동자를 가진 은형이가 자신의 집 맞은편 집 대문 앞에 서는 걸 보았다. 은형이는 낡은 회색 대문 앞에 쭈그리고 앉았다. 비가 오는데 처마도 없는 대문 앞에서 왜 저러고 있지? 은형이는 손으로 팔뚝을 밀었다. 검은 살갗을 지우려는 듯 빗물 속에 팔을 뻗고 앉아서. 둥그렇게 말린 몸이 꼭 달팽이 같았다. 평생 집을 짊어지고 걸어야 하는 달팽이. 코시안 튀기라는 놀림을 멍에처럼 지고 살아야 하는 은형이.

은형이가 세상에서 가장 검은 눈동자를 위로 들었다. 선웅이와 눈이 마주쳤다. 오금이 저렸다. 똑딱, 똑딱, 똑딱. 은형이는 회색 대문 안으로 들어갔다. 선웅이는 갑자기 오른팔 살갗이 쓰리고 아팠다. 은형이가 살갗을 민 팔이 꼭 자기 것만 같았다. 어떤 슬픈 것이 느껴졌다. 울고 싶은 것 같기도 하고 화가 나는 것 같기도 한 복잡한 무엇. 선웅이는 열두 살 봄을 넘기고 있었다.

타각타각 발굽 소리를 내며 기린이 다가왔다. 삼백이가 돌아보았다. 검은 무늬 속에 숨어 있는 하나 남은 눈이 기린을 알아보았다. 새벽바람에 기린의 목뼈 위로 돋은 은빛 털들이 잔디처럼 떨렸다. 열두 살의 봄, 그날부터였다. 배화동 배화로 360번길 골목에 기린이 살기 시작한 건.

선웅이 엄마는 아침부터 심기가 불편했다. 진따나 아주머니가 끓여 놓은 북엇국이 시원해서 맛만 좋은데 간이 덜 됐다느니 국물이 덜 우러났다느니 공연히 억지를 부렸다. 진따나 아주머니가 미안한 기색이 될 때마다 선웅이는 가시 돋친 밤을 한 광주리 깔고 앉은 마음이었다. 엄마 때문에 식탁 분위기가 엉망이었다. 분명히 어제 저녁에 왔다 간 고모 때문일 것이라고 선웅이는 생각했다.

"아줌마, 행주는 매일같이 삶아서 쓰라고 몇 번을 말해요? 걸레랑 행주가 같은 거면 따로 놓고 쓰겠어요? 간단한 걸 왜 자꾸 잊어요?"

선웅이 아버지가 헛기침을 했다. 불만을 표시하는 아버지만의 표현법이었다. 엄마가 그 소리를 놓치지 않고 채뜨렸다.

"그러게 내가 뭐랬어. 고모부가 찾아와서 가게를 넓히네 어쩌네 할 때부터 돈 얘기가 나올 거라고 했지? 당신이 그때 선을 그었으면 다시 와서 돈 얘기 꺼내는 일도 없었을 거 아냐. 애꿎은 우리 선웅이 잡고 몸이 저래서 어쩌느니 키가 작아서 어쩌느니 물고 늘어지는 일도 없었을 거 아니냐고."

진따나 아주머니가 가스 불을 켜자 엄마의 짜증이 그리 튀었다.

"지금 밥 먹잖아요. 행주는 이따 삶아요. 세재 냄새 맡으면서 밥 먹으란 거예요?"

진따나 아주머니가 가스 불을 껐다.

"저……."

진따나 아주머니는 무언가 할 말이 있는 듯 엄마에게 다가왔다.

"오늘이 월급날인데."

"누가 몰라요?"

"죄송하지만 지금 주시면…… 딸애 학교 가는데 좀 필요해서……."

그 소리에 아버지가 재촉했다.

"얼른 드려요. 급하신 모양인데."

"내가 언제는 안 줬다고 줘라, 마라야. 당신이 끼어들 자리가 아니잖아."

엄마의 목소리가 갈라졌다. 눈도 마음껏 흘겼다. 선웅이는 진따나 아주머니가 갓 볶아 낸 죽순을 씹으며 고개를 저었다. 그러면서 맨날 나한테는 아버지를 존경하라고 다그치지. 아빠라는 호칭을 놔두고 내가 서른 살은 되어서야 부를 법한 아버지 소리를 하라니. 마흔도 안 된 아빠를 아버지라고 부르라고 하는 이유는 간단했다. 엄마가 아버지보다 젊어 보이기 위한 노림수였다. 엄마는 사람들 앞에서 남편보다 자신이 다섯 살이나 위라는 사실을 절대로 밝히지 않았다. 오히려 요즘 들어 아버지가 부쩍 나이 들어 보인다는 소리를 서슴지 않고 했다. 염

색할 나이도 아닌데 어떤 염색약이 좋은지 묻기도 했다.

"필요하시다잖아요. 은형이 학교 가는데 당장……."

"또, 또 조른다. 뭐가 있어야 주든 말든 하지. 병원에서 돌아오는 길에 출금해서 주려고 했단 말이야. 요즘에 누가 현금을 손에 쥐고 다녀. 다 카드로 결제하고 다니지."

선웅이 엄마의 핀잔은 진따나 아주머니에게도 향했다.

"아줌마도 그래요. 돈이 급하면 급하다고 어젯밤에 미리 얘기 하지 왜 꼭 딱 당해서 말하나 몰라. 내가 뭐 현금 인출기라도 돼요? 나한테 맡겨 둔 돈 있어요?"

"어허, 여보. 장광순 씨."

엄마가 매서운 눈초리로 아버지를 흘겼다. 진따나 아주머니가 난처한 기색으로 고개를 숙였다.

"죄송합니다. 급한 마음에 그만."

선웅이 엄마가 젓가락을 소리 나게 내려놓았다.

"요번 달 월급에서 60만 원 빠지는 거 알죠?"

"40만 원으로 알고 있는데……."

"엊그제 원 씨가 병원으로 찾아와서 또 20만 원 가불해 갔어요. 얘기 안 해요?"

진따나 아주머니가 낭패한 얼굴로 고개를 저었다.

"아줌마, 부탁인데 제발 원 씨더러 그렇게 뜬금없이 병원으로 찾아와서 가불해 달란 소리 좀 하지 말라고 시켜요. 돈 얘기 하려면 집으로 오든지 아니면 아줌마가 하든지. 이건 뭐 빌려준 돈 받으러 온 것마냥 딱 버티고 서서는 큰소리를 쳐 대니. 그럼 환자들 앞에서 내 꼴이 뭐가 돼요? 저 소아과 의사가 사방에 빚이나 깔아 놓고 산다고 할 거 아니에요?"

"죄송합니다."

"아기 환자들이 얼마나 예민한 줄 알아요? 의사가 재채기만 해도 운다고요. 그렇게 곤드레만드레 술에 취해서 떠들어 대니 어떻겠어요. 제발 주의 좀 시켜요."

선웅이 엄마는 그 모든 책임이 진따나 아주머니에게 있는 것처럼 오목조목 따졌다. 진따나 아주머니는 필요 이상으로 허리를 숙이며 주방에서 나갔다.

"그래서 애초부터 가사 도우미로 안 쓰려고 했는데. 벌써 햇수로 몇 년째야. 아유, 지겨워."

선웅이는 일부러 밥공기에 숟가락을 소리 나게 부딪치며 먹었다. 진따나 아주머니가 엄마의 말을 안 들었으면 해서였다. 엄마가 손등을 후려쳤다.

"누가 밥상머리 앞에서 그렇게 예의 없게 굴어."

엄마의 잔소리는 계속 이어졌다.

"당신, 노숙자들한테 침 놔 주고 한약 지어 주는 거 이제부턴 석 달에 한 번씩만 해."

아버지가 화들짝 놀라 두 손을 내저었다.

"그건 안 돼요. 석 달에 한 번이라니 당장 챙기지 않으면 안 될 분들이 얼마나 많은데."

"안 되긴 뭘 안 돼. 당신이 갑부야? 구멍가게 같은 한의원 하나 하면서 버는 것도 없이 족족 퍼 주기만 하면 누가 상 준

대? 나라에서 금송아지라도 준대?"

"그런 걸 바라고 시작한 일이 아니잖아요. 매일같이 파지를 주워서 노숙자들의 저녁을 챙기는 꽃밥집 어르신도 있어요. 그분한테 비하면 우린 가진 게 많아요. 노숙하는 사람들한테 침 좀 놓아 주고 감기약 정도 지어 주는 거 겨우 한 달에 한 번 하는데."

선웅이는 밥을 물고 맞장구쳤다.

"맞아. 권오복 할머니가 그랬는데 꽃밥집 할아버지는 17년 동안이나 매일같이 그 일을 했대. 아버지는 이제 겨우 4년 했는데, 뭘. 난 아버지가 독거노인들이랑 노숙자 아저씨들 돕는 거 찬성이야."

"조용히 해. 네가 뭘 안다고 사설이야. 어른들 일은 어른들이 알아서 해. 넌 공부나 제대로 해."

선웅이는 아차 싶었다. 엄마의 화살이 선웅이에게로 날아왔다.

"수학 성적을 보면 아주 기가 차지. 눈 감고 찍어도 네가 받은 점수보단 잘 나올 거야. 엄마가 학원엘 안 보내 주니, 과외를 안 시켜 줬니. 넌 대체 누굴 닮아서 머리가 그 모양이야."

아버지가 구원자처럼 나섰다.

"아무튼 난 계속 할 겁니다. 선웅이 말대로 겨우 그거하고 끝내면 꽃밥집 어르신 볼 면목도 없다고요."

꽃밥이란 말은 노숙인들이 꽃같이 달고 꽃같이 고마운 밥이라는 뜻으로 붙인 이름이었다. 그 이름이 듣기 좋아서 선웅이는 초등학교 때 꽃밥집 앞에서 기웃거리기도 했다. 정말 밥에 꽃을 넣고 짓는 걸까? 아니면 꽃잎 위에 퍼 주는 밥일까? 꽃밥집 화단에서 키우는 보랏빛 자운영과 자줏빛 금낭화, 노란 씀바귀, 분홍빛 패랭이꽃을 지켜보며 이런 꽃으로 밥을 지으면 어떤 밥맛이 날까 혼자 궁리하곤 했었다.

"끝난 얘기야. 앞으론 석 달에 한 번씩만 해."

"광순이 누나!"

"개명한 이름 부르라니까. 신경질 나게 아까도 대놓고 그 이름을 부르더라? 법원에서 개명 허락한 게 언젠데 아직도 광순이야."

"연지 누나, 아무튼 한 달에 한 번씩 노숙인들 받을 겁니다."

"싫다고. 안 된다고. 그 사람들이 한의원 들락거리면 손님 다 떨어진다는데 웬 고집이야."

"그렇게 안 될 테니 걱정 말아요. 나갑니다."

아버지는 선웅이 어깨를 두드려 주고 급히 식탁에서 일어났다. 엄마는 도망치듯 집을 나서는 아버지를 어이없다는 눈으로 지켜보았다. 선웅이도 재빨리 일어나려는데 엄마의 손이 더 빨랐다.

"너!"

선웅이는 소매 깃을 잡힌 채 눈을 굴렸다.

"엉뚱한 짓 안 하지?"

"오늘 개교 기념식에 늦으면 벌점 테러 당한댔어."

"동화 같은 거 쓰지 마. 몽상 같은 거 하지 말라고. 아무 쓸모도 없어."

"선도부 애들한테 걸리면 청소 하라는 대로 다 해야 돼."

"그 시간에 수학 문제를 하나 더 풀고 영어 문장을 하나 더 외워."

"엄마, 가야 된다니까."

"이성적인 판단을 하라고. 말 같지도 않은 상상이나 하고 앉았으니까 밤에 그런……."

엄마는 꿀꺽 뒷말을 삼켰다.

"은형이 누나 나올 때 됐단 말이야."

"누나는 무슨. 다른 애들은 은형이라고 부르던데 저 혼자만 곧 죽어도 누나야."

"누나니까."

사실이었다. 은형이는 아홉 살 때 초등학교에 입학했다. 태국인인 진따나 아주머니가 한국말이 서툴러서 여덟 살이 될 때까지 한글을 떼지 못했다고 했다. 원중선 아저씨는 그 핑계를 대고 은형이가 아홉 살이 되어서도 학교에 보내기를 거부했다.

"교양머리 없는 인간. 그런 이유로 아이 입학을 미루다니. 학교와 동사무소에서 그 애가 의무 교육 대상자란 걸 납득시키지 않았으면 그 애는 아마 지금쯤……."

뒷말은 듣지 않아도 뻔했다. 지 애비 술값 대느라 뼈 빠지게 일하고 있겠지. 이런 말이 이어졌을 것이다. 선웅이는 엄마의 손을 뿌리치고 식탁에서 벗어났다.

"정신 차려, 현선웅. 현실 자각을 하고 살란 말이야. 달팽인가 우렁인가 끄적대던 거 내 눈에 또 띄기만 해 봐. 불살라 버릴 거야."

선웅이는 2층 방에 들어서자마자 창문 아래를 내다보았다. 담장보다 낮은 은형이네 집. 허물어질 듯 기운 기와지붕. 잡초가 우거진 마당. 굳게 닫힌 회색 대문. 담장에 핀 장미꽃이 없었다면 더 우울한 기운이었을 은형이네 집. 드르륵. 유리문 열리는 소리가 울렸다. 귀에 익은 소리였다. 선웅이는 교복을 걸치며 창문 밖을 내다보았다. 은형이가 마당으로 내려서는 모습이 보였다.

2.

나에 관한 진실

선웅이가 대문 밖으로 나온 순간 은형이도 회색 대문을 열고 나왔다. 선웅이는 저절로 고개가 움츠러들고 숨소리가 작아졌다. 두 손을 아랫배 앞에다 포갰다. 아침 햇살을 어깨에 받으며 서 있는 은형이 앞에서 오줌이라도 싸고 선생님한테 혼나는 아이처럼 안절부절못했다. 숨을 들이쉬고 내쉴 때마다 물풍선처럼 출렁이는 배가 부끄러웠다. 눈을 땅바닥에 붙이고 꼼짝도 못 한 채 은형이 눈치를 살폈다. 내 배를 보면서 눈살을 찌푸리고 있을지도 몰라. 아니면 자라처럼 짧은 내 목? 하긴 짧은 게 어디 목뿐인가. 팔, 다리, 손가락, 얼굴에 있는 코까지 살로 덮여서 몽당연필처럼 짧다. 온통 굵고 짧은 내 몸.

선웅이가 그처럼 가쁜 숨을 내뿜는 이유는 158센티미터의

키에 104킬로그램이나 나가는 초고도 비만이기 때문이었다. 자기보다 5센티미터는 더 큰 은형이를 향해 슬쩍 눈을 드는 선웅이. 차갑고도 딱딱한 은형이 눈과 마주치고 목이 움츠려들었다. 선웅이네 대문이 열리고 진따나 아주머니가 나왔다. 아주머니는 은형이 교복 주머니에 꼬깃꼬깃 접은 돈을 찔러 넣어 주었다. 은형이가 선웅이를 쏘아보았다. 선웅이는 대문 쪽으로 등을 돌리고 섰다.

"학교 잘 다녀와."

은형이가 또박또박 골목길을 걸어가는 소리. 진따나 아주머니가 선웅이를 돌려세웠다.

"선웅이도 어서 학교에 가. 잘 다녀오고."

선웅이는 열 걸음쯤 떨어져서 은형이 뒤를 따라 걸었다. 은형이는 또박또박 자로 잰 듯 골목 끝에서 오른쪽으로 꺾어져 우체국 앞으로 나갔다. 우량 슈퍼 앞에서 2차선 길을 건너 버스 정류장에 닿았다. 그 뒤편이 샘물 공원이었다.

잘 간다, 누나. 선웅이는 은형이가 기특했다. 달밤에 이 길을 걸을 때는 어느 쪽이 맞는지 늘 서성이는데. 그나저나 초고도 비만인 몸이 문제였다. 집에서 5분 거리밖에 안 되는 버스 정류장인데도 입에서 단내가 날 정도로 힘들었다. 머리는 벌써 물이라도 한 바가지 뒤집어쓴 것처럼 축축하고 겨드랑이며 등줄기로도 비 오듯 땀이 흐르고 있었다.

은형이가 860번 버스에 올랐다. 선웅이는 장승처럼 860번 버스가 출발하는 것을 지켜보았다. 매번 그렇듯 은형이 뒤를 따라서 버스에 타고 싶었지만 용기가 나지 않았다. 버스에 타려면 지면에서 버스 계단으로, 그 계단을 다시 세 개나 올라야 하는데 거대한 배가 짓누르고 있는 몸으로는 그 높이가 너무 가팔랐다. 어찌어찌 버스에 탄다 하더라도 견딜 수 없는 일이 기다리고 있었다. 버스에 탄 사람들의 시선이었다.

한 달 전쯤 선웅이는 큰 용기를 내 은형이를 따라 버스에 탔다. 곧 그 결심이 무모했다는 것을 깨달았다. 아버지보다 나이가 많아 보이는 아저씨가 선웅이에게 자리를 양보한 것이다. 선웅이가 부끄러워서 고개를 저었지만 대머리 아저씨가 퉁명스레 타박했다. 학생이 앉아야 타고 내리는 사람이 편해. 학생이란 말 앞에 '뚱뚱한'이란 말이 생략되었다는 것을 선웅이는 알고 있었다. 버스 안의 시선이 선웅이한테 쏠렸다. 학교까지는 불과 세 정거장이었다. 결국 두 번째 정거장에서 내리는데 누군가 뒤에서 그랬다.

"아이고, 저것도 병이야, 병. 어린것이 안됐어."

그 뒤론 절대로 버스에 타지 않았다.

"택시! 택시!"

은형이가 탄 버스가 출발하자마자 선웅이는 가까이 다가오는 택시를 잡았다.

"배화 중학교요."

기사 아저씨가 뒤를 힐끔 돌아보았다. 선웅이는 모른 척했다. 그런 시선은 일상적인 것이었다. 두 정거장만 더 가면 되는 거리니까 참을 만했다.

"학생, 지난번에도 택시 탔었지? 내가 태웠던 기억이 나는데. 아침마다 택시를 타고 학교에 가나 봐?"

기사 아저씨가 물었지만 선웅이는 못 들은 척했다.

"하긴 그 몸으론 버스 타고 다니기 그런가?"

선웅이는 그래서 거미줄처럼 엉킨 골목을 좋아했다. 학교 수업을 마치고 학원에 갈 때는 언제나 골목으로 다녔다. 정문 앞에서 큰 도로를 건너면 바로 학원이었다. 선웅이는 그 8차선 도로가 거북했다. 마치 대형 야외극장 무대에 홀로 선 배우처럼 주목 받는 기분이 들어서였다. 그 도로를 이용하는 사람들도 많을 뿐더러 횡단보도도 길었다. 선웅이가 헉헉대며 횡단보도를 건너는 모습을 지켜보는 눈이 곳곳에 너무 많았다. 양쪽 차도에 늘어선 자동차 안에서도 거북한 시선이 줄기차게 쏟아졌다.

"내 말은 좀 힘들겠단 뜻이야. 나도 한 2킬로그램만 살이 쪄도 계단 내려갈 때 바로 무릎이 시큰거리거든. 아이구, 그런데 학생은."

학원 수업이 끝나면 빌라들이 모여 있는 골목 사이로 걸었다. 골목들을 돌고 돌아 나오면 지하도였다. 계단이 아무리 많아도 남의 눈을 의식하지 않아서 좋았다. 그곳을 지나 집에 도착하면 40분 정도 걸렸다. 버스로 5분이면 도착할 집을 선웅이는 매일같이 40분씩 골목 속으로 숨어 다녔다.

"내 자식 같아서 하는 말이니까 서운해하지 말고 들어. 앞으로 오래 살려면 살 좀 빼야 돼, 학생. 그러다 큰일 나."

선웅이는 한숨을 내쉬었다. 기사 아저씨의 말 속에는 세 가지 오류가 있었다. 내 자식 같아서 하는 말이니 서운해하지 말라는 말이 우선 오류였다. 그렇게 대놓고 남의 몸을 힐끔거리며 내 자식 같아서라는 표현을 하는 자체가 이중적이었다. 이미 남의 자식으로 단정 짓고 있으니까 서운한 소리도 과감하게하겠다는 뜻이었다. 두 번째 오류는 오래 살기 위해선 살을 빼야 한다는 것이었다. 그동안 읽었던 철학자들의 글을 떠올려 봤을 때 어느 누구도 남의 수명에 대해 길다 짧다 단정하지 않았다. 그것은 신의 영역이고 우주의 영역이고 자연의 영역이었다. 그렇게 뚱뚱했다간 금방 죽을 것이란 단정은 차라리 폭언이었다. 세 번째 오류는 그러다 큰일 난다는 말이었다. 선웅이는 그 기사 아저씨를 처음 보는 입장이었다. 그 기사 아저씨의 입장에서는 선웅이를 보는 것이 두 번째라고 했지만. 아무리 낯이 익은 사람에 대한 조언이라고 해도(불과 두 번의 만남만에) 그 말은 위협적이었다. 나보다 못한 사람에 대한 경고, 하대, 비아냥, 배려로 포장한 위선일 뿐이었다. 차라리 이렇게 말해 주었다면 어땠을까.

"오늘같이 해 좋은 날엔 걷기 좋을 텐데. 왜 친구들이랑 함께 가지 않고?"

아니면 아무 말도 하지 말든가. 뭐 차라리 그렇게 물어 주었더라면 오히려 솔직하게 말하지 않았을까.

"걸어 다니기 창피해서요. 그리고 저는 은따예요."

선웅이는 정문 앞에서 내렸다. 교문까지 오르막길이 난관으로 남아 있었다. 교문에서 축구공을 굴린다면 시속 60킬로미터는 나올 경사였다. 선웅이한테는 부담스러운 길이었다. 평지에서 조금만 벗어나도 숨을 헐떡이고 땀을 비 오듯 쏟는 몸인데 하물며. 그래도 항상 정문에서 택시를 세우는 이유는 은형이를 기다리기 위해서였다. 정류장마다 정차했다 출발하는 버스보다 택시가 빨랐다. 늘 먼저 도착해서 기다렸다가 은형이 뒤를 따라 교문까지 오르는 게 정해진 일과였다.

"야, 택시 타이어 안 터졌냐?"

택시에서 내리자마자 이호 녀석들의 눈에 띄고 말았다. 배화 중학교 말썽꾼 이호 녀석 뒤에는 언제나 두 녀석이 그림자처럼 붙어 다녔다. 키가 180센티미터나 되는 봉태수 녀석과 쉴 새 없이 침을 뱉어 대는 박윤기 녀석. 녀석들의 야비한 눈동자 여섯 개가 선웅이 몸에 꽂혔다. 퉤, 윤기가 선웅이 신발 위에다 침을 뱉었다. 누런 침. 더러웠다. 선웅이는 발을 뒤로 뺄 뿐 아무런 소리도 내지 않았다.

단거리 육상 선수처럼 재빠른 몸이었다면 녀석들의 시야에서 벗어날 수 있을 텐데. 윤기 녀석이 선웅이 신발 위에다 다시 침을 뱉었다. 이도 안 닦고 왔는지 누런 침 속에 새빨간 고춧가루가 섞여 있었다. 배꼽까지 내려가 있던 아침밥이 도로 올라오는 기분이었다.

선웅이는 상상했다. 저 녀석의 입 속으로 들어가기 전의 고추는 얼마나 싱싱했던가. 뜨거운 햇빛에 자신을 빨갛게 달구며 순수한 먹거리가 되기 위한 시간을 꿈꾸었겠지. 때로는 거센 빗줄기에 마음이 약해지는 때도 있었을 것이다. 건기에 들어서는 목이 타는 갈증으로 포기하고 싶었던 때도 있었을 것이다. 그때마다 점점 매콤해지는 자신의 냄새를 들이마셨겠지. 정신이 화들짝 깨어나는 아릿한 충격. 마침내 자신의 영혼까지 붉은 물이 들었을 때 해를 보며 환희에 차 웃었겠지. 나는 고추다!

"뚱보야, 기도하니?"

이호가 선웅이 목에 팔을 둘렀다. 선도부 학생들이 건너다보자 친근한 척 굴기 위해서였다.

"너네 아빠가 하는 한의원 어쩌면 사라질 수도 있어."

"왜, 왜?"

"우리 아빠가 그 건물을 통째로 사 버릴까 생각 중이래. 너네 아빠가 병원장 모임에 나와서 자꾸만 우리 아빠를 쫀다네? 불우 이웃 돕기 모금함에 돈을 보태라고 신소리를 한대. 아빠는 물리 치료실도 넓혀야 하고 운동 치료실도 새로 만들어야 하는데 너네 아빠가 다른 사람들 있는 데서 우리 아빠한테 돈, 돈 한다잖아."

"그, 그거야 너네 아빠 병원이 가장 크니까……."

"땅 파서 장사하냐!"

"장사는 아니지. 의사는 봉사 개념도 갖고 있어야……."

"그러니까 그걸 왜 우리 아빠한테 강요하냐고? 너네 아빠만 봉사 개념인지 뭔지 갖고 살면 되지. 우리 아빠가 병원장 모임

에만 갔다 오면 아주 기분이 더럽대. 학교 선배라 한 대 후려
치지도 못하고 욕도 못 하고 열이 뻗쳐 환장하겠대."

"퉤. 퉤. 퉤."

윤기 녀석이 연거푸 선웅이 신발에 침을 뱉었다. 차라리 눈
을 감자. 선웅이는 어서 녀석들이 떨어져 나가기만을 기다렸
다. 이호 녀석의 시선은 금방 다른 대상으로 넘어갔다.

"야, 튀기!"

버스에서 내려 은행나무 가로수 길을 걸어오는 은형이. 선
웅이는 그 상황이 난감했다. 은형이는 돌아보지 않고 교문으로
향했다.

"깜깜아!"

이호 녀석이 선웅이를 밀치고 은형이 앞을 가로막았다.

"내가 분명히 말했지? 튀기라고 부르면 바로바로 대답하라
고."

은형이는 입술 끝을 약간 찡그렸을 뿐 동요하지 않았다. 단
정한 걸음걸이로 이호 녀석을 지나쳤다. 이호 녀석이 은형이
뒤통수에 대고 이죽거렸다.

"튀기 주제에 자존심만 세 가지고. 그럼 못쓴다, 깜깜아."

이호 녀석은 선도부 학생들의 눈을 피해 은형이 머리카락을
잡아당겼다. 은형이가 매서운 눈으로 이호를 노려보았다.

호르르르! 호르르르!

선웅이는 호신용 호루라기를 꺼내 세차게 불었다. 이호 녀
석이 또 그 짓이냐 눈으로 비웃었다. 선웅이는 호루라기를 팽

개치고 은형이와 이호 녀석 사이로 밀고 들어섰다. 이호가 선웅이 어깨를 쳤다.

"빠져. 안 빠져?"

선웅이가 꿈쩍하지 않자 정강이를 걷어찼다. 선웅이가 몸을 구부리자 등으로 이호 녀석의 팔꿈치 공격이 들어왔다. 선웅이는 곰처럼 버티었다.

"이 돼지 새끼가."

이호 녀석이 주먹으로 선웅이 옆구리를 쳤다. 기절이라도 하고 싶을 만큼 아팠지만 선웅이는 이를 악물고 참았다.

"비켜, 비키라고. 이 뚱보 자식아."

이호 자식은 분이 뻗쳐서 선웅이 몸을 샌드백처럼 쳤다. 선웅이는 등 뒤의 은형이를 두고 물러나지 않겠다고 맘먹었다. 윤기 놈도 거칠게 선웅이를 밀었다. 태수 녀석도 선웅이 멱살을 잡아끌었다. 선웅이는 양발을 벌린 채 버티었다. 은형이를 위해서라면 녀석들한테 죽지 않을 만큼 맞는 건 참을 수 있었다.

"어쭈, 노려보면 어쩔 건데 깜깜아?"

그럴 수 있다고 생각했다. 하지만…… 그 모든 것은 상상일 뿐이었다. 선웅이는 호신용 호루라기를 쥔 채 망설였다. 이호 녀석은 은형이 앞을 가로막고 이죽거렸다.

"시험 볼 때 몇 문제 도움 좀 받자니까 들은 척도 안 하더라? 그래서 널 재수 없다고 하는 거야. 너 같은 튀기가 어떻게 맨날 1등을 하는지 수상하거든."

바로 그때 선웅이 눈이 훌쩍 열렸다. 천사라도 만난 것처럼 반가워서 소리쳤다.

"기수다!"

이호 녀석이 당황해 돌아보았다. 기수가 바지 주머니에 양손을 찔러 넣고 걸어왔다. 봉태수처럼 큰 키는 아니어도 농구부 선수일 법한 체구로, 세상일에는 관심 없다는 듯 땅을 보고 걷다가 이호 녀석처럼 걸리적거리는 게 나타나면 쓰윽 치켜뜨는 눈. 매섭고도 차가운 눈. 각진 턱과 날카롭게 뻗은 콧날이 컴퓨터 게임 속의 주인공과도 닮아서 붉은 갑주나 검푸른 검을 들고 있다면 그대로 히어로 게임 속의 왕처럼 변신할 것 같은 기수.

치사하고 방정맞고 사납고 잘난 척하기로 둘째가라면 서러운 이호 놈도 기수 앞에서는 한 마리 납작벌레. 천적도 그런 천적이 없어 보였다. 이호 녀석은 슬금슬금 뒷걸음질하다 돌아서서 빠른 걸음으로 멀어졌다. 두고 보자고, 선웅이를 노려보는 것도 잊지 않았다. 기수는 긴 다리로 이호 녀석들의 뒤를 쫓아 교문 안으로 들어갔다. 방금 전 상황에 대해서는 아예 관심을 두는 것 같지도 않았다.

선웅이는 우물쭈물 은형이 눈치를 보았다. 은형이는 찬바람 나게 돌아섰다. 이호 녀석들은 기수가 뒤따라오는 모습을 보곤 거의 뛰다시피 교실로 들어갔다. 그저 그 모습을 나타낸 것만으로도 기수는 부당한 위기의 순간을 해결했다. 선웅이는 굼벵이처럼 느릿느릿 걸었다.

선생님 앞에서도 바지 주머니에 찔러 넣은 두 손을 빼지 않는 기수. 저 당당함. 나도 저랬으면 좋겠다. 이호 놈을 생각하니 아찔했다. 기수처럼 이호 녀석을 꼼짝 못 하게 하는 각목 같은 팔과 다리가 있다면 좋을 텐데. 단단하고도 야무진 팔다리. 태풍같이 날아가서 그 녀석의 오금을 저리게 하는 구릿빛 팔다리만 있다면.

"야, 괜히 중2병, 중2병 하는 거 아냐. 나보다 세 살 많은 형도 나만 보면 슬슬 피해. 내가 만화책을 잡으면 컴퓨터 한다고 슬쩍 비키고, 내가 컴퓨터 게임 한다고 하면 아예 공부방에서 나간다니까. 고딩이 뭐 별거냐. 중2병한텐 절대로 안 돼."

이호가 제자리에서 주변 아이들에게 떠벌리는 소리가 교실에 울렸다.

"그냥 인상 한번 팍 쓰면 엄마도 아빠도 설설 기어."

슬쩍 뒤를 돌아보는 이호 녀석. 암만 떠벌려도 기수의 귀에는 닿지도 못하고 먼지처럼 날릴 소리들이었다. 선웅이는 자기 자리 앞에서 한숨을 쉬었다. 짝꿍인 연태가 뒷문 쪽을 가리켰다. 매번 그랬듯 선웅이 책상은 뒤로 빠져 있었다. 이호 녀석들의 짓이었다. 교문 밖에서 당한 수치심을 극복하는 방법치고 대단히 유치한 짓이었다.

영어 교과서를 꺼내며 창가 쪽을 보니 기수는 꿀잠을 자는 중이었다. 양발을 어깨 너비로 벌리고 잘생긴 머리통을 양팔로 감싸 안고 자는 모습도 멋졌다. 창가 쪽으로 향한 그 애의 얼굴 위로 여름 햇살이 비치고 있겠지. 원래 그 자리에서 앞으로 세 번째 자리가 선웅이 자리였다. 거기서 오른쪽으로 고개만 돌리면 은형이를 볼 수 있는 자린데. 선웅이가 은형이 얼굴을 볼 수 있는 날이라야 고작 한 달에 예닐곱 번에 불과하긴 했다. 이호 녀석들이 틈만 나면 선웅이 책상을 뒷자리에다 끌어다 놓기 때문이었다.

뒷문께도 괜찮은 자리였다. 이호 녀석들이 쉬는 시간마다 화장실로 복도로 들락대며 선웅이 의자를 발로 차고 다녀서 그렇지 적어도 수업 시간만큼은 가장 외지고 조용한 자리였다. 유리문을 통해 복도에 길게 비친 후박나무 그림자도 볼 수 있었다. 복도 너머 후박나무 숲에서 노니는 기린도 볼 수 있었다. 2층의 복도도 넘겨다볼 정도로 큰 키로 후박나무 잎사귀를 질겅질겅 되새김질하면서 왔다 갔다 하는 기린. 자꾸만 기린이 같이 가자고 바라보는 곳은 수평선 너머의 무인도.

단 세 가지. 파도와 하늘과 모래밭이 펼쳐진 무인도. 아프리카의 사냥개도, 독수리도, 사자 같은 고양잇과 맹수도 살지 않는 그 섬에서 기린은 유유히 거닐었다. 톰슨가젤, 들소, 얼룩말이 뒤섞여 웅덩이 물을 찾아 대이동을 하는 사바나의 분주한 시간은 뚝 끊겨 버린 곳이었다. 초식 동물의 발자국 소리에 납작 엎드린 채 사냥 준비를 하는 사자나 치타의 거친 숨소리마저 사라진 곳이었다. 기린은 후박나무 잎사귀를 되새김질하면서 걷거나 졸았다. 선웅이는 기린의 그림자 속에 웅크리고 누워 바닷바람을 온몸으로 즐겼다.

가끔 수평선 근처에서 범고래가 콧구멍으로 공기를 내뿜는 소리가 우렁차게 들려왔다. 오래전 육지에서 살았다는 고래는 어쩌다 바다로 나가 살게 된 걸까. 먹이를 찾아 바다에서 살게 되었다는데 두 발을 버리고 두툼한 가슴지느러미와 꼬리지느러미를 얻기까지 얼마나 많은 항해를 해야 했을까. 남극과 북극의 거친 파도를 타고 넘으며 그 지느러미는 더욱 단단하게 고래다워질 것이다. 범고래가 분수를 뿜으며 넘어가는 수평선 너머 가물가물 은형이 뒷모습이 떠올랐다. 은형이는 검은 사제복을 입은 수도사처럼 경건하게 수업을 들었다. 텀벙텀벙, 범고래가 바다를 건너가는 소리가 그렇게 큰데도 기수는 곤한 잠에서 깨어나지 않았다. 창가의 라일락꽃 향기에 취해서 그럴 것이다.

기린은 후박나무 잎사귀를 반나절이 넘도록 되새김질했다. 선웅이는 점심으로 생선구이를 먹었지만 오후 해가 길어질수록 먹을 게 더 필요했다. 뒤적뒤적. 소보로빵을 주머니에서 꺼냈다. 딸기 우유에 적셔 먹는 그 빵 맛이란. 소보로빵 두 개에 딸기 우유 두 개를 먹는 동안 수평선에 걸리는 태양. 기린이 먼저 바다를 건넜다. 타각타각 절도 있는 걸음걸이로 바닷물을 갈랐다. 그 길을 따라 선웅이도 바닷물을 건넜다. 선선한 바람이 도는 후박나무 숲으로 들어섰다. 후박나무 숲에서 학교 뒤뜰을 지나 2층의 복도로 들어섰다. 드르륵, 뒷문을 열고 자리에 앉을 때까지 아무도 돌아보지 않았다. 2만 킬로미터 이상 떨어진 곳에서 돌아오는 길이었다.

"애들아, 6월 마지막 주 배화 축제 기간에 우리 반은 바자회 열기로 한 거 잊지 않았지? 각자 바자회에 내놓을 목록 준비해서 내일 제출하도록 하렴. 부모님께 허락받지 않은 물건은 절대 목록에 넣지 말 것."

선웅이는 의자 뒤로 팔을 뻗고 기지개를 켰다. 하품을 하며 교과서를 사물함에 넣었다. 이호 녀석은 오전에 기수에게 들으란 듯 떠벌린 일 빼고는 온종일 얌전했다. 말끝마다 참 나 소리를 하는 역사 선생님의 말투를 따라 하다 혼나는 일도 없었다. 은형이 쪽으로 종이비행기를 접어 날리지도 않았다. 급식 시간이 끝나고 고등어자반을 잡았던 손으로 선웅이 코를 막지도 않았다. 그만하면 편안하고 아늑한 하루였다. 선웅이는 휘파람을 불며 자리에서 일어났다.

"그냥 가려고?"

봉태수 녀석이 선웅이 가방을 낚아챘다. 이호 녀석이 따라오란 턱짓을 했다. 그럼 그렇지. 선웅이는 녀석들을 따라 교실을 나섰다. 배화 중학교 학생들은 대부분 정문으로 등하교했다. 운동장을 건너야 하고 백 개가 넘는 계단을 오르내려야 하는 후문은 구미가 당기는 등하교 길이 아니었다. 이호 녀석들이 선웅이를 끌고 간 곳은 운동장 너머 후문 쪽이었다. 따가운 오후 햇살이 내리쬐는 계단에서 이호는 선웅이 가방을 간당간당 위태롭게 흔들었다.

"곰곰이 생각해 봤거든? 네가 아침에 나한테 한 짓에 대해서."

"뭐, 뭐?"

"어쭈, 모르는 척해?"

"가방 돌려줘."

선웅이는 교복 주머니에서 호신용 호루라기를 꺼냈다.

"아이구, 무서워라. 그거 불어서 누구 부르게? 기수?"

윤기 녀석이 호루라기를 빼앗아 흔들었다.

"네가 유치원생이냐? 덜떨어진 놈."

"돌려줘."

"옛다, 주워 먹어라!"

윤기 녀석이 호루라기를 계단 아래로 던졌다. 호루라기는 서른 계단쯤 아래로 떨어졌다. 선웅이는 당황해서 계단으로 내려섰다. 순간 이호 녀석이 선웅이의 뒷덜미를 잡았다.

"너 자꾸 이기수 믿고 까부는데 한 번만 더 그랬단 봐라. 이 꼴 나게 해 준다."

이호 녀석이 계단 아래로 가방을 휙 던졌다. 가방은 볼품없이 계단을 굴러 내려갔다.

"어어어!"

선웅이는 가방을 잡기 위해 계단을 뛰어내렸다. 서너 계단을 뛰어내렸을 때 양쪽 무릎을 잡고 주저앉았다. 104킬로그램을 지탱하기에는 너무 연약한 무릎이었다. 가방은 속도가 붙어 쉰 계단쯤 혼자 굴러갔다. 선웅이는 쩔쩔매며 무릎걸음으로 계단을 내려갔다. 이호 녀석들이 배를 잡고 웃었다.

선웅이는 호루라기부터 주워서 옷에 닦았다. 다행히 깨진 곳은 없었다. 어디 긁힌 곳도 없었다. 호루라기를 입에 대고 불어 보았다. 호르르르! 맑은 소리가 났다. 선웅이는 계단 위에 대고 소리쳤다.

"너야말로 한 번만 더 이 호루라기에 손댔다간 뜨거운 맛을 보게 될 거야. 명심해!"

물론 속마음이었다.

"이건 너만 지키는 호루라기가 아냐. 누군가를 해코지하려는 사람도 막아 주는 호루라기야. 경각심을 주니까. 그런 순간에 호루라기를 불 수 있는 것도 용기란다."

호루라기는 초등학교 입학식 날 받은 선물이었다. 고도 비만인 아들이 혹시라도 학교 폭력에 노출되지 않을까 걱정한 아버지가 선물해 준 것이었다. 선웅이는 아버지의 말이 마음에 들었다. 특히 '호루라기를 불 수 있는 용기'란 말이 귓가에 생생하게 남았다. 용기를 실행하자고 다짐하며 살았다. 어떤 순간에는 그 용기가 살아나기도 하고 어떤 순간에는 마음으로만 그치기도 했다.

선웅이는 호루라기를 교복에 넣었다. 이번엔 아예 불어 보지도 못한 경우였다. 가방이 떨어진 곳을 바라보았다. 가방이 털썩 누워 있는 계단 저 아래가 상상 속의 무인도보다 멀어 보였다.

3.
배
화
동

저
녁

일주일 내내 쏟아지던 장맛비가 잠잠해지고 오랜만에 쾌청한 하늘이었다. 선웅이는 학원에서 돌아오는 길에 양버즘나무가 늘어선 샘물 공원으로 들어섰다. 해가 완전히 떨어지지 않았으니 은형이는 샘물 공원에서 시간을 보내고 있을 것이다. 은형이는 거의 매일 그곳에서 밤이 되길 기다렸다. 원중선 아저씨가 실컷 낮잠을 자고 노름을 하러 가거나 술을 마시러 나가길 기다리면서.

　샘물 공원으로 들어서는데 흰 털을 날리며 걸어오던 시추가 마구 짖었다. 선웅이는 혹시 하고 뒤를 돌아보았다. 시추는 선웅이를 향해 맹렬히 짖어 댔다. 그럼 그렇지. 운동복 차림의 주인이 반려견을 안아 올렸다.

"우리 초코, 무서워요? 오빠가 무섭구나. 괜찮아, 엄마가 있잖아."

선웅이는 한쪽으로 비켜섰다. 시추는 더욱 요란하게 짖었다. 금방이라도 주인의 품에서 빠져나와 선웅이를 물고 늘어질 듯 바둥댔다.

"초코한테는 저 오빠 몸이 좀 크다, 그렇지?"

선웅이는 속으로 으흐흐 웃었다. 자주 겪는 일이었다. 마주치는 개들이 반가워 꼬리 치기보다 짖는 때가 더 많으니 선웅이는 '개가 짖는 이유'에 대해서 검색한 적이 있었다.

'개는 지루할 때 짖는다.'

주인과 산책하던 길이었으니 시추가 지루해서 짖지는 않았을 것이다.

'무기력한 개는 짖는다.'

흰 털이 땅에 쓸리도록 뜀박질을 하며 뛰어오던 시추였으니 무기력한 것과는 무관했다.

'집 지키는 개는 짖는다.'

공원은 자신의 주인뿐만 아니라 타인들과 공유하는 공적 장소라는 사실을 시추도 알고 있을 테니 이것도 해당되지 않았다.

'혼자 남은 개는 짖는다.'

주인과 함께 시간을 보내고 있었으니 타당한 이유가 아니었다. 그럼 한 가지 이유가 남는데.

'겁먹은 개는 짖는다.'

특정한 사람이나 동물, 환경과 마주치면 귀와 꼬리를 내리고 움츠러든 채 운다고 했다. 일종의 경계 태세인데 어이없게도 그동안 선웅이와 마주친 반려견들이 그런 자세로 짖어 댔다. 선웅이가 쳐다보는 것만으로도 몸을 발발 떨며 짖었다. 시추도 마찬가지였다. 주인이 바들바들 떠는 시추의 머리통을 쓰다듬었다.

"우리 초코는 저렇게 되도록 먹으면 안 된다. 엄마가 주는 것만 먹고 운동도 열심히 해야 돼."

선웅이는 할 말이 없었다. 시추의 주인이 하는 말이 모두 옳았다. 뚱뚱한 몸이 잘못이라면 잘못이었다. 축구공만 한 시추한테 104킬로그램이나 나가는 몸이 위협적이긴 할 테니까. 선웅이는 기운이 빠져 땅만 보고 걸었다.

샘물 공원은 여느 때처럼 사람들로 붐볐다. 달리기를 하는 사람, 배드민턴을 치는 사람, 줄넘기를 하는 사람, 비둘기들에게 팝콘을 던져 주는 사람. 선웅이는 놀이터 모래밭을 건너 그네에 앉았다. 은형이는 보이지 않았다. 연못 쪽에 있을까? 선웅이는 공원 안쪽으로 향했다. 붉고 노란 잉어들이 노니는 연못가에 나무 의자가 줄지어 있었다. 선웅이는 연못을 등지고 공터를 향해 앉았다.

선웅이는 배롱나무 아래를 비질하는 이복규 할아버지에게 고개를 숙였다. 목요일이구나! 매주 이복규 할아버지를 목격하는 날이었다. 이복규 할아버지는 한여름이나 한겨울이나 복장이 똑같았다. 눈이 보이지 않을 정도로 눌러쓴 벙거지모자,

코까지 끌어올린 마스크. 목에 두른 목도리. 양손에 낀 장갑까지. 배화동에서 이복규 할아버지의 얼굴을 제대로 보았다는 사람은 한 명도 없었다. 두 눈마저 벙거지모자에 가려져 오로지 목소리와 복장만으로 이복규 할아버지를 알아볼 뿐이었다.

이복규 할아버지는 배롱나무 아래 놓인 나무 의자 주변을 비질했다. 장맛비에 떨어진 나뭇잎들이 빗자루에 쓸려갔다. 비둘기들이 먹다 남은 팝콘도 쓸려갔다. 마른 나뭇가지와 비둘기 털, 바람에 실려 온 모래까지 깨끗하게 비질했다. 공원 화장실에서 물걸레를 빨아 와 정성 들여 나무 의자를 닦았다. 물걸레질이 끝나자 품에서 마른걸레를 꺼내 나무 의자를 닦았다. 뽀득뽀득. 마치 귀한 도자기라도 닦듯 정성을 쏟았다.

"아이구, 어르신."

배롱나무 아래로 들어서던 황인백 아저씨가 송구스러운 표정을 지었다. 이복규 할아버지는 다소곳이 양손을 모으고 뒤로 물러났다. 황인백 아저씨는 머뭇거리며 이젤과 화구를 내려놓았다.

"이러시지 않아도 됩니다만."

황인백 아저씨는 초상화를 전문적으로 그리는 화가였다. 1년 전 가을이 저물 무렵 배화동으로 이사 왔다. 동사무소 근처 알라딘 사진관 옆에 황인백 연필 초상화란 화실을 열었다. 화실 유리창 너머로 황인백 아저씨가 연필로 그린 초상화들이 보였다. 파이프를 문 맥아더 장군, 텔레비전 속에서 이름을 익힌 오드리 헵번과 그레이스 켈리, 가수 비, 또 이효리, 영화배우

장동건과 배용준, 전지현과 방탄소년단도 있었다. 화실 앞을 오고 가는 사람들은 걸음을 세우고 황인백 아저씨의 작품을 감상하곤 했다. 아쉽게도 초상화를 배우려는 사람들은 많지 않았다.

봄이 되도록 화실엔 수강생보다 초상화 수가 더 많았다. 황인백 아저씨는 먹을 것과 세금 걱정을 덜기 위해 늦은 봄부터 샘물 공원으로 나왔다. 화실에 전시한 초상화처럼 잔주름과 속눈썹까지 넣어 주는 데에는 한계가 있지만 불과 몇 분이면 그 사람의 특징을 재치 있게 살린 캐리커처를 그려 냈다.

"이것 참."

황인백 아저씨는 매번 이복규 할아버지의 친절을 거북해했다. 이복규 할아버지는 그림자처럼 서서 황인백 아저씨가 일하는 모습을 지켜보았다.

"우리 좀 그려 주세요."

유모차를 밀고 가던 젊은 부부가 간이 의자에 앉았다. 황인백 아저씨가 엉덩이를 들며 반겼다. 부부는 이복규 할아버지를 보곤 굳은 표정이었다. 온몸을 미라처럼 감싼 복장 때문이었다. 황인백 아저씨가 헛기침을 하자 이복규 할아버지는 두어 걸음 뒤로 물러났다.

"예쁘게 그려 주세요."

"그럼요. 두 분 얼굴이 꼭 닮았네요. 부부는 살면서 얼굴이 닮는다더니."

황인백 아저씨가 흐뭇하게 웃으며 연필을 놀렸다. 선웅이는 이복규 할아버지가 슬며시 앞으로 다가오는 것을 보았다. 황인백 아저씨가 유연한 손놀림으로 젊은 부부의 얼굴을 그리는 모습을 지그시 지켜보았다. 젊은 부부의 시선이 이복규 할아버지에게 향했다. 불편한 기색을 읽고 황인백 아저씨가 헛기침을 했다. 그 소리에 이복규 할아버지는 뒤로 물러났다. 젊은 부부는 흡족한 얼굴로 캐리커처 값을 지불했다. 이복규 할아버지는 부러운 듯 젊은 부부가 멀어지는 모습을 바라보았다.

황인백 아저씨는 연이어 손님을 받았다. 이복규 할아버지는 한순간도 자리를 떠나지 않고 곁을 지켰다. 황인백 아저씨 뒤로 가까이 섰다가도 사람들이 싫은 기색을 보이면 뒤로 가는 일을 반복했다. 오후 해가 꾸물꾸물 넘어가고 있었다. 은형이 모습은 보이지 않았다.

이복규 할아버지가 시계를 보았다. 선웅이도 시계를 보았다. 5시 40분. 선웅이는 아침에 아버지가 당부한 말이 떠올랐다. 권오복 할머니에게 들렀다 오란 말이었다. 이복규 할아버지는 황인백 아저씨를 향해 조용히 인사하곤 돌아섰다. 선웅이도 자리에서 일어났다. 이복규 할아버지 그림자를 따라 샘물 공원을 건넜다.

은형이는 집으로 간 것 같았다. 진따나 아주머니가 선웅이 집에서 일을 마치는 8시까지 어쩌면 뒤뜰 장독대 너머에 웅크리고 앉아 있을지도 몰랐다. 삼백이도 가끔 쉬었다 나오는 그곳. 키 낮은 앵두나무가 울타리처럼 햇빛을 막고 있는 그곳.

선웅이 방에서 바라보면 빨간 앵두가 구슬처럼 반짝이는 그곳에서 어서 어둠이 내리길 기다리고 있을 것이다.

이복규 할아버지는 샘물 공원 가장자리 덤불 속에다 닭고기 캔 사료를 덜어 놓았다. 삼백이 같은 길고양이들이 와서 먹을 식량이었다. 놀이터 가장자리에도 사료를 놓아두었다. 선웅이는 그 모습을 지켜보고 서 있다가 할아버지 뒤를 따라 샘물 공원을 나섰다. 마주 오는 사람들이 이복규 할아버지를 흘깃거리며 지나갔다. 이어 선웅이를 돌아보며 지나갔다. 이복규 할아버지는 동사무소 쪽 골목에 위치한 꽃밥집으로 들어섰다. 6시. 꽃밥집 문을 여는 시간이었다.

콧속으로 들어오는 멸치 육수 냄새. 재래시장 양푼 순대국밥집 아주머니가 나무 주걱으로 솥을 휘저으며 봉사단 사람들에게 이것저것 지시하는 소리가 울렸다. 선웅이는 순대국밥집 아주머니 눈치를 살피며 다가섰다. 양푼 순대국밥집은 은형이가 싫어하는 가게였다. 원중선 아저씨가 매일같이 술에 취해 재미 삼아 한다는 노름판이 벌어지는 곳이었다. 배화동이나 그 인근 마을에서 술 좀 마신다는 사람들이 모이는 곳이 양푼 순대국밥집이었다. 충청도 어느 바닷가 마을에서 만들어 온다는 막걸리 맛 때문이라고 했다. 술을 마시면 양푼 가득 순댓국을 공짜로 주니 술꾼들이 모일 수밖에 없었다.

시래깃국이 팔팔 끓어올랐다. 불이 센지 순대국밥집 아주머니가 불붙은 장작 두 개를 꺼냈다. 권오복 할머니는 들마루에 앉아 멸치 똥을 빼는 중이었다. 봉사자들이 시금치 무침과, 호박 볶음, 고사리나물, 어묵 볶음, 소시지 볶음 등이 담긴 찬합을 들고 나왔다. 삼백이는 권오복 할머니 곁에서 멸치를 받아먹었다. 권오복 할머니가 천천히 먹으라고 멸치 똥을 빼 한 마리씩 건네주었다.

"천천히 오셔도 된다니까요. 목요일만큼은 제가 봉사자 분들이랑 맡아서 할 텐데."

양푼 순대국밥집 아주머니가 시래깃국을 큰 통에 퍼 담으며 말했다.

"그럼 쓰나. 가게 여는 것도 마다하고 도와주는 건데."

"저도 하루쯤 쉬어야죠. 그 핑계 삼아 좋은 일도 하고 좋고만요, 뭐."

"그래도 미안하지."

"목요일 잠깐이라도 쉬셔야지 주말도 없이 꽃밥 내시느라 힘드시잖아요."

이복규 할아버지가 시래깃국 통을 받아 식탁으로 옮겼다.

"또 갖고 오셨구만. 팔아야지 이걸 자꾸."

이복규 할아버지가 순대가 쌓인 쟁반을 보고 혀를 찼다.

"뭐 먹고 살려고 그러누?"

양푼 순대국밥집 아주머니는 괜찮다는 뜻으로 손을 내저었다.

"술꾼들이 허다한데요, 뭘. 순댓국은 못 팔아도 술은 팔고도 남으니 먹고 살 걱정은 마시고요."

이복규 할아버지가 쯧쯧 혀를 찼다.

"노름방은 접게나. 놀이가 거래가 되고 거래가 도박꾼 낳지."

"아는 사람끼리 화투 몇 장 갖고 시간 때우는 거라니까요. 별 걱정을 다 하셔."

선웅이는 이복규 할아버지가 들고 나오는 식판을 받아서 식탁에 놓았다.

"선웅이 어쩐 일이니?"

양푼 순대국밥집 아주머니가 행주로 식탁을 닦으며 물었다.

"아버지가 권오복 할머니 보고 오라고 해서요."

권오복 할머니가 선웅이를 향해 손을 까딱했다. 와서 앉으란 소리였다. 선웅이는 할머니 귀에 대고 큰 소리로 말했다.

"할머니, 아버지가요. 내일 한의원에 들르시래요. 할머니 침 맞으실 때 됐다고."

"뭐가 됐다고?"

귀가 어두운 권오복 할머니가 되물었다. 선웅이는 무릎에 침 놓는 시늉을 했다.

"침요, 침."

권오복 할머니가 고개를 끄덕였다.

"미안해서 어뜩햐. 혼자 사는 노인네라고 일부러 찾아댕기매 침 놔 줘, 약 지어 줘. 고마워서 어뜩햐."

권오복 할머니가 선웅이 손을 잡고 토닥였다.

"아버지가 훌륭허니께 아들도 이렇게 훌륭햐. 으른 보문 인사 잘햐. 인정 많어. 원장님은 좋으시겄어. 이렇게 듬직한 아들내미 둬서."

선웅이는 멋쩍어서 삼백이 이야기로 말머리를 돌렸다.

"어, 삼백이가 눈물을 흘리나? 고양이들은 너무 맛있으면 눈물을 흘린대요."

"눈을 후빈다고?"

"아니요 눈물요. 훌쩍훌쩍, 우는 거요."

"어째 울어? 어디서 맞은 겨?"

"아니요. 삼백이가."

"삼백이가 널 팬 겨?"

"아니요. 그게 아니라."

"그게 아니문 네가 삼백이를 쥐어 팬 겨?"

선웅이는 권오복 할머니의 귀에 대고 말했다.

"삼백이가 멸치를 잘 먹는다고요! 고기 맛을 아나 봐요."

"이잉. 괴기 맛을 알고말고. 좀 전이도 자반고등어 한 마리를 뚝딱 해치웠당께."

"삼백이가요?"

"나 말여. 요즘 입맛이 없어서 통 뭘 못 먹었당께. 근디 순대 국밥집 아줌니가 고등어를 귀 줘서 환장하게 먹었네. 물 만 밥이다 먹응께 꿀떡꿀떡 잘도 넘어가."

"네에……."

"에구, 근디 내가 그렇게 맛나게 먹어도 되나 몰라."

갑자기 권오복 할머니의 목소리가 잠겼다.

"우리 애기가 그대로 컸으문 네 아버지 나이 정도가 됐을 건디. 아까워. 꽃도 못 펴 보고 간 내 아들이 아까워. 남들 다 댕기는 핵교도 못 댕기고 공장서 일만 하다……."

권오복 할머니가 눈가를 훔쳤다.

"엄니가 얼매나 원망스러우문 꿈에도 한 번 안 와, 우리 애기는."

"아이고, 우리 할매. 또 우신다. 이제 손님들 꽃밥 자시러 와요. 우리 할매가 울면 그 냥반들 눈물밥 먹고 갈 텐데?"

순대국밥집 아주머니가 권오복 할머니 어깨를 안고 두드렸다. 권오복 할머니가 손사래를 쳤다.

"그럼 안 되지. 안 되지. 꽃같이 단 밥인디 눈물 뿌리문 쓰나. 어여 밥 퍼. 저기들 오시네."

사람들이 골목으로 들어서는 인기척에 놀라 삼백이가 담장을 타고 지붕 위로 올라갔다.

"선웅이도 밥 먹고 갈래?"

양푼 순대국밥집 아주머니가 묻는 소리에 선웅이는 고개를 저었다. 꽃밥집 마당이 분주해졌다. 꽃밥집 골목을 걸어 나오는 선웅이 머리맡 담장을 따라 삼백이가 함께 걸었다.

선웅이는 동사무소 뒷담과 우체국 뒷담 사이를 지나다 귀에 익은 목소리를 들었다. 슬그머니 우체국 뒷담 벽에 붙었다. 두 건물에서 사용하는 에어컨 실외기들을 설치한 좁은 공간에서 나는 소리였다.

"이런 걸 허를 찌른다고 하지. 요런 자리에서 담배 빠는 건 아무도 생각 못 할 거다."

"누가 여길 찾냐. 쥐새끼들이나 왔다 갔다 하는 델."

"그럼 우리가 쥐새끼들이란 거네?"

이호 녀석이 이죽거리는 소리에 태수와 윤기가 키들거렸다.

"아휴, 분해. 공원 빨터도 털렸고, 챔피언 게임방 화장실 빨터도 털렸어. 하수들만 와 코인 노래방 빨터도 털렸고. 어떤 새끼가 고자질하고 다니는 게 분명해. 잡히기만 해 봐. 다시는 생각이란 걸 못 하게 붕어 머리로 만들어 줄 테니까."

선웅이는 피식 웃었다. 코인 노래방 이름처럼 녀석들은 하수들인 게 분명했다. 빵 셔틀이나 하는 선웅이 눈에 매번 비행 장소를 들키는 걸 보면. 선웅이는 학교 전담 경찰관에게 연락하기 위해 가방을 열었다. 핸드폰을 꺼내는데 갑자기 진동음이 요란하게 울렸다. 선웅이는 급히 무음으로 바꾸려다 그만 핸드폰을 바닥에 떨어뜨렸다.

"에이씨, 누구야?"

이호 녀석이 몸을 내미는 동시에 누군가 선웅이를 담장 모퉁이 너머로 밀었다. 핸드폰을 발로 차 건네는 것도 잊지 않았다. 선웅이는 바삐 핸드폰 전원을 껐다.

"뭐냐, 너?"

기수가 짧고 굵게 말했다.

"가!"

선웅이는 그 말을 알아들었다. 선웅이에게 그 자리를 떠나라고 하는 소리였다. 선웅이가 미적대고 움직이지 않자 기수가 다시 말했다.

"가라고!"

선웅이가 발꿈치를 들고 걸음을 옮기는데 이호가 사발 깨지는 소리를 냈다.

"가든 말든 알아서 할 거니까 신경 꺼. 그동안 우리 빨터 날리고 다닌 게 너냐?"

골목에 침묵이 흘렀다. 선웅이는 숨을 죽이고 담장 모퉁이 너머에 귀를 기울였다.

"이 골목에서 그딴 거 빨지 마라. 다시 눈에 띄면 말부터 안 나간다."

게임은 끝났다. 세 녀석 가운데 어느 누구도 토를 달지 못했다. 분하지만 눈동자를 굴리며 기수를 노려보고 있을 녀석들의 모습이 눈으로 보듯 훤했다.

"꺼져!"

기수가 이호 녀석들에게 짧게 던지는 소리를 듣고 선웅이는 후다닥 우체국 입간판 뒤로 몸을 숨겼다. 이호 녀석들은 자기들이 지껄인 대로 쥐새끼처럼 우루루 골목 밖으로 몰려나왔다. 선웅이는 녀석들이 횡단보도를 건너 반대편 길을 따라 멀어질 때까지 지켜보았다. 녀석들이 학원가 골목 쪽으로 사라지고 나서야 안도의 한숨을 내쉬었다.

기수는 꽃밥집으로 들어갔나? 아니면 재래시장 골목 끝에 있는 집으로 갔나? 꽃밥집으로 저녁을 먹으러 오는 사람들이 한 무리 들어섰다. 선웅이는 골목을 되짚어 나왔다. 가. 짧고도 굵은 소리. 열 단어 이상의 대화를 해 본 적이 없는 기수와 선웅이 사이의 유일한 의사소통. 비밀스러운 신호. 위기의 순간에 수호천사처럼 등장하는 기수.

중학생이 되고 딱 사흘 만에 선웅이는 이호 녀석들의 표적이 되었다. 가로등 불빛도 들지 않는 음침한 놀이터 모래밭에서 선웅이는 녀석들에게 둘러싸여 눈동자만 굴리고 있었다.

"뚱보, 날마다 택시 타고 학교에 오더라? 너네 집 부자야? 우리 아빠보다 더?"

우물쭈물하는 선웅이를 보고 이호가 독사처럼 말했다.

"그렇다고 하는 게 좋을 거야. 이제부터 네 가방을 뒤질 거니까."

윤기가 선웅이 가방을 낚아챘다. 태수가 선웅이 발을 툭툭 찼다.

"신발도 벗고, 시계도 풀러."

"너희들 이러지 않았으면 좋겠어. 그만두지 않으면 사람들을 부를 거야."

선웅이가 목에 걸고 있던 호신용 호루라기를 입에 댔다.

"왈왈!"

태수 녀석이 선웅이 귀에 대고 외쳤다. 선웅이는 그 소리에 놀라 뒤로 넘어갔다. 이호 녀석들이 손뼉을 치며 웃었다.

"왈왈 소리에도 넘어가는 놈이 무슨."

윤기 녀석이 모래를 걷어찼다. 선웅이는 모래를 뒤집어쓰고 눈을 비볐다. 그러는 사이에 태수가 선웅이 신발을 억지로 벗겼다. 윤기는 선웅이 손목을 잡고 비틀었다. 이호 녀석은 선웅이 가방을 거꾸로 들고 쏟았다. 선웅이는 있는 힘껏 호루라기를 불었다. 고요한 놀이터에 호루라기 소리가 날카롭게 울렸다.

"암만 불어 봐라, 등신아. 머저리냐? 누가 그딴 소릴 듣고 달려오냐. 오던 인간도 돌아가지."

이호 녀석이 호루라기를 빼앗으려고 했다. 선웅이는 호루라기를 뺏기지 않으려고 안간힘을 썼다.

"놔!"

짧고도 메마른 소리가 울렸다.

"어떤 새낀데."

세 녀석이 동시에 뒤를 보았다. 가로등 불빛 아래 기수가 서 있었다. 눈 끝이 올라간 매서운 눈. 일자로 다문 입. 태연하고 침착한 어조로 기수가 말했다.

"가."

선웅이는 그 소리를 알아들었다. 재빨리 이호 녀석을 밀치고 쏟아진 물건들을 가방에 담았다. 태수가 벗겨 낸 신발도 가져다 신었다. 이호 녀석이 선웅이 뒷덜미를 잡았다.

"이놈이 뭔데? 네 새끼라도 되냐? 돼지 새끼."

기수는 표정 하나 변하지 않았다.

"첫날부터 재수 없었어. 뭐라도 되는 척 인상 팍 쓰고 앉아선. 족보도 없는 놈이. 네놈이 센 척 굴어서 홍우기 형 같은 족

보를 가진 줄 알았다고. 태권도 도복은 걸치고 다녔단 얘긴 들었다. 똥 기저귀 차던 시절에."

윤기와 태수가 키들거렸다.

"별것도 아닌 놈이."

윤기가 기수 쪽을 향해 퉤 침을 뱉었다.

"가."

기수가 낮게 말했다. 선웅이는 이호의 손을 뿌리치고 말했다.

"나 같으면 당장 여길 뜰 거야. 너희들을 위해서 해 주는 경고야."

선웅이는 냅다 놀이터 모래밭을 달렸다. 봄눈이 날리는지 목덜미가 서늘했다. 선웅이는 가로수 밑을 뛰면서 웃었다. 어쩌면 친구 하나가. 친구까지는 아니어도 눈만 돌리면 언제나 그 자리에 있는 얼굴 하나를 확인한 것 같아서 뜀박질이 가뿐했다. 샐비어꽃 향이 풍풍 날리던 그날의 기억이 맞았다.

새빨간 샐비어꽃이 화단을 뒤덮은 여름이었다. 5학년짜리 아들의 몸무게가 80킬로그램을 넘기자 화들짝 놀란 엄마는 간식 금지령을 내렸다. 선웅이는 하루 세 끼 밥만으로는 허기를 달랠 수 없었다. 급식을 먹고 난 뒤였지만 꼬르륵거리는 배를 안고 서성이던 선웅이 눈에 자줏빛 화단이 눈에 들어왔다. 권오복 할머니가 샘물 공원에서 이름이 깨꽃이라고 알려 주었던 샐비어였다. 권오복 할머니는 그 꽃을 똑똑 따서 단맛을 보았다. 선웅이는 샐비어꽃을 따서 꽁지 부분을 추웁 빨았다. 살강살강 설탕 씹히는 맛여. 권오복 할머니가 웃으며 했던 말이 떠올랐다. 선웅이는 기분이 좋아져서 그 말이 맞다고 고개를 끄덕였다.

학교 화단에 널린 샐비어꽃은 선웅이의 중요한 영양 간식이었다. 달짝지근한 샐비어꽃을 입에 넣고 춥춥 빨면 퉁퉁한 몸에서 빠져나온 영혼이 구름 속으로 훨훨 날아오르는 것 같았다. 선웅이는 쉬는 시간마다 화단으로 들어가 앉아 샐비어꽃을 먹었다.

"돼지가 샐비어꽃 다 따 먹는다!"

아이들이 창가에 매달려 놀려도 엉금엉금 화단을 헤집고 다녔다.

"그거 따 먹으면 안 돼. 소독해서 배 아프댔어."

"선생님한테 이를 거야. 돼지가 화단 망친다고."

선웅이 귀에는 아무 소리도 들리지 않았다. 먹을 것만 아는 돼지라는 소리가 귓가를 때려도 샐비어꽃을 포기할 수 없었다. 친구들이 하교하느라 분주한 시간에도 선웅이는 화단 속에 들어가 앉아 있었다. 실컷 샐비어꽃을 따 먹고 화단 밖으로 나오는데 갑자기 발밑에서 비명이 울렸다.

"억!"

분명히 억! 하는 소리였다. 선웅이는 천천히 오른발을 들었다. 땅바닥에는 아무것도 없었다. 왼발을 들었다. 거기도 없었다. 분명히 억! 하는 소리가 들렸는데? 오른쪽 신발 바닥을 보았다. 거기서 울린 소리였다. 운동화 바닥에 납작 눌린 왕개미 한 마리. 갑자기 선웅이 영혼도 억! 소리를 냈다. 선웅이는 왕 개미를 운동화 바닥에서 떼어 냈다. 미안했다. 아니 그것보다 더 미안했다.

"야!"

곱슬머리 상욱이가 선웅이를 불렀다.

"홍우기 형이 너도 오래."

화단 옆 후미진 곳에 상욱이를 비롯한 두 명의 남자아이가 나란히 서 있었다. 빨간 바탕에 검은 글씨, R 모자를 눌러쓴 홍우기도 보였다. 6학년 아이들 중에서 사납기로 소문난 홍우 기였다. 친구에게 욕을 하지 말라고 훈계한 담임 선생님 탁자 에 물풍선을 던지고 달아난 홍우기였다. 걸핏하면 2층 창가에 매달려 선생님들을 놀라게 하는 홍우기였다. 교목인 소나무에 발길질을 해 대며 똥통 학교 똥나무라고 소리 지르며 교장선생 님의 속을 긁는 홍우기였다.

"너도 털어."

홍우기가 선웅이에게 말했다. 선웅이 주머니에서 500원이 나왔다.

"500원? 너네 엄마 아빠가 의사라며? 좋게 말할 때 숨긴 거 털어."

아무리 털어도 그게 다였다. 홍우기가 주먹을 쥐고 있는 선 웅이 오른손을 가리켰다.

"손에 쥔 거 내놔."

"이건 돈이 아니야."

"돈이네."

"아니야. 정말이야."

"주먹 펴."

"아니라니까. 정말 아니야."

홍우기가 선웅이 정강이를 걷어찼다. 선웅이는 주먹을 펴고 싶지 않았다. 자기 발에 밟혀 죽은 개미의 모습을 홍우기에게 보이기 싫었다. 어이없게도 자기의 몸무게에 눌려 납작해진 개미의 죽음을 그딴 녀석에게까지 보이기 싫었다.

"정말 아니야."

홍우기가 연거푸 걷어찬 정강이가 부러질 것처럼 아팠다. 너무 아파서 개미 때문에 침울하게 가라앉아 있던 슬픔이 툭 터졌다.

"펴, 자식아."

홍우기가 억지로 선웅이 주먹을 폈다. 납작하게 죽은 왕개미의 주검이 햇살 아래 드러났다. 그와 동시에 선웅이는 울음을 터트렸다.

"아니라고 했잖아. 나 때문에…… 죽은 개미야. 가여운 개미일 뿐이라고. 얘는 아무 잘못도 없는데…… 정말 왜 그러는데."

선웅이는 엉엉 서럽게 울었다. 부연 눈물 속에서 죽은 왕개미가 어룽거렸다. 그때 들렸다.

"가!"

선웅이는 손등으로 눈물을 훔쳤다. 비가 오는 날에도 우산을 들고 다니지 않는 아이가 거기 서 있었다. 아버지와 들른 꽃밥집에서 할아버지와 함께 사는 그 아이를 처음 보았다. 같은 반 친구들과도 말을 섞지 않고 언제나 창가 책상을 지키는 아이였다. 운동장이나 복도에서 선웅이와 마주쳤을 때 뚱뚱한 몸을 흘깃거리지 않고 지나가는 유일한 아이였다. 같은 반이 되고 한 마디도 나누지 않은 아이였는데도 선웅이는 한 번에 알아들었다. 가! 그 말이 자기에게 한 말이라는 것을.

선웅이는 돌아가는 척하다 샐비어꽃 화단 너머로 냉큼 주저앉았다. 그와 동시에 홍우기의 발이 기수에게 날아갔다. 기수는 가볍게 피하며 돌려 차기를 했다. 홍우기가 멀찍이 나가떨어졌다. 단 한 방이었다. 홍우기는 바닥에 떨어져 움직이지 않았다. 기수가 짤막하게 말했다.

"내버려 둬."

겁을 집어먹고 옆에 서 있는 애들한테 홍우기 녀석을 내버려 두라는 말일까? 아니면 홍우기 녀석한테 나를 괴롭히지 말고 내버려 두라는 말일까? 아마도 앞의 생각이 맞겠지? 만약에 나를 가리키는 말이었다면 '쟤'라거나 '선웅이'? 아니, 이름까지는 기억하지 못할 테니까 '저 뚱뚱한 애' 정도의 호칭을 쓰지 않았을까? 기수는 돌아서서 운동장으로 내려갔다. 등을 펴고 걸어가는 기수의 모습이 꼿꼿했다.

"으어어엉!"

꼼짝도 안 하고 엎어져 있던 홍우기가 울음을 터뜨렸다. 분한지 주먹으로 땅을 치며 울었다.

"가만 안 둬! 가만 안 둔다고!"

기수를 가만두지 않겠다는 소린 줄 알았다.

"저 새끼한테 얻어터진 거 떠들어 댔다간 너희들 가만 안 둬. 정말이야. 가만 안 둬."

홍우기가 고래고래 내지르는 소리를 들으며 선웅이는 입을 막았다. 터져 나오는 웃음을 참을 수 없었다. 기수가 교문을 빠져나가고 있었다. 선웅이가 장차 쓰려고 하는 동화 속의 주인공 같았다. 악의 무리를 쓰러뜨리고 뒤도 돌아보지 않고 태양 속으로 점점이 사라지는 영웅. 백마가 없어도 멋있는 주인공이었다.

선웅이는 우체국 앞에서 한의원 골목으로 들어섰다. 소란한 소리가 울렸다. 점포들이 늘어선 재래시장 쪽이었다. 은형이가 끔찍이도 싫어하는 골목. 양푼 순대국밥집 앞에서 원중선 아저씨가 비틀대며 주정을 했다.

"국밥은 안 팔아도 뒷방은 열어 놔야지. 여봐!"

그럼 은형이 누나는 집에 있는 거로구나. 언제나 원중선 아저씨가 저녁에 술을 마시러 나간 뒤에야 집에 들어가는 은형이었다. 원중선 아저씨는 그 집에서 매일같이 취한 채 떠들었다. 국밥집 뒷방에서 화투를 하다가 싸움이 나면 골목 바닥에 드러누워 배화동이 떠나가라 진따나 아주머니를 불렀다. 은형이도 불렀다. 돈을 떼였으니 경찰을 부르라고 목을 놓았다.

"어허, 목요일마다 문 닫는 날인 거 몰라서 이러나?"

건어물 가게 주인이 원중선 아저씨를 말렸다.

"내 돈 떼어먹고 튄 건지 어떻게 알아?"

"또 억지네. 또 억지야."

"억지?"

원중선 아저씨가 순대국밥집 가마솥을 걷어차려고 했다. 건어물 가게 주인이 황급히 원중선 아저씨를 밀었다. 이미 취한 몸이라 바람에 떨어지는 빨랫감처럼 넘어갔다. 원중선 아저씨가 비틀거리고 일어나 혀 꼬부라진 소리를 냈다.

"쳤어? 지금 나를 친 거냐고? 민주주의 국가에서 주먹질을 한 거냐? 경찰 불러. 은형아, 애비 죽는다, 애비 죽어."

건어물 가게 주인은 뒷짐을 지고 허허 웃었다.

"이런 막무가내 인간은 보다보다 처음일세."

원중선 아저씨가 일어나 건어물 가게 주인의 멱살을 잡았다.

"감옥 가고 싶지 않으면 내 돈 내놔. 얼른 못 내놓냐."

"정신이 어떻게 됐나? 이거 놓지 못해."

"어젯밤에도 너희들끼리 짰지? 내 돈 뺏자고 너희들끼리 작당을 한 거야. 안 그러면 어째 나만 돈을 잃었을까?"

"그 돈을 왜 나한테서 찾아?"

"너도 구경을 했잖아. 구경한 놈도 한패였겠지. 어서 내 돈 내놓으라고."

"시답잖은 소리 말고 가 버려. 자꾸 헛소리 해 대면 앞으로 이 골목에서 얼씬도 못 하게 할 테니까."

건어물 가게 주인이 원중선 아저씨의 손을 내리쳤다. 원중선 아저씨는 그대로 고꾸라졌다.

　"억울하면 돈 가져와. 돈 가져와서 네 돈 찾아가. 그럼 되지. 어디서 행패야, 행패가."

　건어물 가게 주인이 손을 털고 점포로 들어갔다. 원중선 아저씨가 삿대질을 했다.

　"네놈들이 내 돈 빼앗아서 얼마나 잘 먹고 잘 사나 보자. 어이, 퉤."

　원중선 아저씨는 비틀대며 선웅이 쪽으로 걸어왔다.

　"억울하면 돈을 가져오라고? 내가 그깟 돈이 없어서 물러날 줄 알고? 오냐, 집에 가서 돈 가져오마. 네놈들 주머니를 싹 쓸어 주지."

　선웅이는 돌아서서 달렸다. 은형이에게 원중선 아저씨가 돌아온다고 알려 주기 위해서였다. 숨이 가빴다. 뒤를 돌아보며 달리는 골목길이 힘겨웠다. 104킬로그램이나 나가는 체중에 눌린 무릎이 삐걱댔다. 평발인 발바닥도 찢어질 듯 통증이 일어났다. 소낙비라도 맞은 것처럼 땀이 쏟아졌다. 심장이 터질 것처럼 요동쳤다. 어느덧 저녁 어둠이 골목에 내리고 있었다. 은형이는 회색 대문 앞에 앉아 있었다.

　"누나! 아저씨 온다!"

　은형이가 발딱 몸을 세웠다. 담장 위에 앉아 있던 삼백이도 덩달아 몸을 세웠다.

　"누나, 우리 집으로 가자."

은형이는 회색 대문을 밀치고 들어갔다. 잡풀로 뒤덮인 마당을 뛰어 기와집 뒤편으로 사라졌다. 원중선 아저씨가 비틀대며 나타나 소리 질렀다.

"은형이 왔냐. 은형아."

"누나, 지금 집에 없어요. 정말이에요."

원중선 아저씨가 의아한 눈으로 선웅이를 보았다.

"그걸 네놈이 어떻게 알아?"

"안, 안 봤으니까요."

원중선 아저씨는 선웅이를 밀치고 들어갔다. 선웅이는 불안한 눈으로 은형이네 마당을 지켜보았다. 원중선 아저씨가 방마다 뒤지고 다니며 은형이를 찾았다. 부엌에도 없고 화장실에도 없자 마당의 수돗가에서 세숫대야를 걷어찼다.

"지 애비만 보면 쥐새끼같이 요리 숨고 조리 숨고. 망할 년. 자식 년이 그 따위니까 세상 온 잡것들이 나를 무시하는 거야. 어디 숨은 거냐, 너."

원중선 아저씨가 뒷마당으로 향했다. 선웅이는 호신용 호루라기를 입에 댔다. 골목에 호루라기 경고음이 울렸다. 삼백이가 담장 위에서 불안한 동작으로 골목과 대문 안쪽을 돌아보았다. 선웅이네 대문이 열리고 진따나 아주머니가 달려 나왔다. 선웅이는 호루라기를 불면서 뒷마당 쪽을 가리켰다. 진따나 아주머니가 마당을 가로질러 뛰었다. 뒷마당에서 장독이라도 깨지는지 요란한 소리가 났다. 원중선 아저씨가 진따나 아주머니의 손에 끌려 앞마당으로 나왔다. 제대로 몸을 가누지 못해 비틀거렸다.

"미친놈아, 그만 불어. 시끄러워. 시끄럽다고."

원중선 아저씨가 마당에서 삿대질을 했다. 선웅이는 호루라
기를 입에서 뗐다. 서둘러 집으로 들어갔다. 계단을 뛰어올라
2층 방 창문 앞에 섰다. 은형이네 집이 한눈에 들어왔다. 뒷마
당에 깨진 장독 조각이 널려 있었다. 앵두나무 우거진 그늘 속
에서 은형이는 웅크리고 앉아 떨고 있을 것이다. 어서 이 시간
이 지나고, 어서 깊은 밤이 되고, 어서 아버지가 깊은 잠에 빠
지고, 어서 자기 방으로 들어가 천장을 향해 누울 수 있기를
기도하면서.

원중선 아저씨는 툇마루에서 잠이 들었다. 진따나 아주머니
가 깨진 장독 조각들을 치웠다. 삼백이도 불안한지 장미 넝쿨
우거진 담장 위에 서서 은형이네 마당을 지켜보았다. 진따나
아주머니가 잠든 원중선 아저씨를 방으로 끌었다. 엎어져 있는
세숫대야를 수돗가에 갖다 놓았다. 그러곤 부리나케 선웅이네
집으로 향했다. 주인네 부부가 돌아오기 전에 저녁 식탁을 차
려 놓아야 했다.

은형이는 여전히 앵두나무 어둠 속에 앉아 있었다. 골목의
가로등에 노랗게 불이 들어왔다. 집집마다 유리창 너머 환한
불빛이 흘러나왔다. 은형이네 집만 짙은 어둠에 눌려 있었다.
선웅이는 방 불을 내렸다. 혼자만 환한 곳에 있고 싶지 않았
다. 호루라기를 손에 잡은 채 앵두나무 덤불을 지켜보았다. 누
나는 혼자가 아니라고. 달밤에 함께 거닐 때처럼 소리쳐 말해

주고 싶었다.

4.
분홍
달팽이

토요일은 배화 축제 기간의 마지막 행사가 있는 날이었다. 재학생뿐만 아니라 외부인도 참여해 축제를 즐기는 날이었다. 외부인은 주로 학부모거나 재학생의 친구들이 대부분이었다. 토요일 행사는 세 가지였다. 일주일 동안 학교 각 층의 복도에서 전시했던 영화 포스터 전시회 출품작 가운데 우수작을 선정하는 행사가 첫 번째였다. 학생들이 재미있게 본 영화의 한 장면을 포스터로 그려 전시했는데 재학생과 외부인의 투표로 우수작을 가렸다.

결선에 오른 여섯 작품 아래 스티커를 붙이는 방식으로 우수작을 선정한다고 했다. 선웅이는 영화 〈마션〉에서 주인공 마크 와트니가 화성의 황량한 사막을 응시하는 뒷모습을 그린 포스터에 스티커를 붙였다. 은형이도 물끄러미 그 포스터를 바라보다 스티커를 붙였다. 선웅이는 속으로 환호했다. 은형이와 같은 느낌을 갖고 있다는 게 기뻤다.

미술반 학생들이 주관하는 페이스 페인팅 행사도 있었다. 하트, 별, 꽃, 꼬마 유령, 호박 마차 등 30여 가지의 다양한 도안을 제시해 놓고 학생들이 원하는 대로 그려 주었다. 이호 녀석이 새치기를 하고 자리에 앉았다. 다른 학생들의 야유에도 꿈쩍 않고 얼굴을 들이밀었다. 은형이는 강당으로 걸음을 옮겼다. 선웅이도 뒤를 따랐다.

강당에서는 바자회가 열렸다. 배화 중학교 재학생들이 바자회에 내놓은 물건들이 종류별로 분류되어 있었다. 책을 별도로 파는 부스부터 돼지 저금통, 파일, 필통 같은 학용품류 부스, 가방류 부스, 신발류 부스, 의류 부스 등이 마련되었다. 100원부터 2천 원까지 저렴한 가격으로 구매할 수 있어서 학생들이 북적였다.

한쪽에서는 카페 부스도 열렸다. 500원부터 시작하는 주스류를 판매하는 매대였다. 은형이는 2시까지 주스를 판매하던 학생과 교대하기 위해 카페 부스로 들어갔다. 축제 기간 중에 행사 진행 요원으로 일할 인원은 일주일 전에 제비뽑기로 결정되었다. 은형이는 노란 앞치마를 두르고 손님을 맞았다.

"누나, 목말라?"

선웅이는 줄을 서서 기다렸다가 자기 차례가 돌아오자 대뜸 물었다. 워낙 들릴락 말락 작게 물은 소리라 은형이가 눈을 크게 떴다.

"그러니까 누나 목마르냐고."

"안 살 거면 비켜."

은형이는 왜냐고 묻지 않았다. 선웅이는 기가 죽어서 주춤주춤 옆으로 비켜섰다.

"아이고, 이 녀석. 엄마랑 아버지를 불러 놓고도 저 혼자 돌아다니고 있었네."

아버지가 선웅이를 찾아 다가왔다.

"은형이가 카페 부스 맡았구나. 우리 마실 것 좀 줄래?"

선웅이가 재빨리 아버지 귀에 속삭였다.

"누나 것도 사."

선웅이 아버지가 알아듣고 음료 네 개를 시켰다.

"은형이도 같이 먹자."

은형이는 뒷사람들의 주문을 받느라 고개만 숙였다. 선웅이는 배시시 웃음이 났다.

"엄마는?"

"담임 선생님 뵙고 있다."

선웅이는 한숨이 샜다.

"보나 마나 공부 시간에 망상 같은 거 하고 있는 건 아닌지, 그런 거 보면 단단히 혼을 내 달라고 하고 있을 게 뻔해. 내가 비만이다 보니 몸 쓰기보단 머리 굴리는 걸 더 편하게 생각하는 것 같다고 그러면서."

선웅이 아버지가 소리 내 웃었다.

"그런데 넌 학교에서도 은형이 옆에만 붙어 있니? 같은 반 친구들은 어딨어?"

"아버지, 나 은따야."

선웅이 아버지는 아무렇지도 않게 말했다.

"나나 너나 왜 그러냐."

"아버지가 왜?"

"난 대따였어."

"그게 뭔데?"

"대놓고 따 시키는 거."

"그럼 왕따네."

"우리 반 전체가 따 시킨 건 아냐. 나랑 어울린 친구들이 있었으니까. 대따는 그 애들이 했어."

"왜?"

"아버지가 광순이 누나랑 사귀었잖아. 광순이 누나가 걸핏하면 애들 불러서 수학 문제 풀게 하고 국사 문제 외우게 했어."

"어이없어. 공부를 시키려면 아버지만 시키면 되지."

"그 애들 성적이 좀 그랬어. 괜히 걔네 때문에 성적 떨어지면 내가 한의사 되는 데 지장 있다고 달달 볶은 거야."

"엄마는 그때부터 유별났구나."

선웅이는 절레절레 고개를 저었다.

"아무리 엄마가 그런다고 친구들이 불려 와서 공부했다고?"

"중딩들이 고딩 졸업반 누나 말을 어떻게 거역하냐."

아버지는 별일 아니란 듯 말했다.

"그러니 애들은 싫었을 거야. 나랑 놀자니 귀찮고 안 놀자니 머리 나쁜 놈들만 남고. 그래서 생각해 낸 게 내가 광순이 누나를 만나는 날은 무조건 대놓고 날 따 시키는 거였어."

아버지가 선웅이를 향해 무심하게 말했다.

"대따보단 은따가 힘들 텐데?"

선웅이는 피식 웃었다.

"나도 아버지 유전자를 물려받았어. 내 환경에 적응하는 데 제법 쿨해. 엄마가 망상이라고 하지만 상상력도 풍부하고 또 나도 완전히 혼자는 아니야."

선웅이는 카페 부스의 은형이를 돌아보았다. 기수는 어디 있나 복잡한 인파 속을 두리번거렸다. 적어도 그 둘은 선웅이의 시선 안에 있었다. 심리적 유대감과 안정감을 주는 존재들이었다.

"야, 원은형!"

이호 녀석 같은 꼴통만 아니라면 열다섯 나이 그대로 백 년을 살라면 살 수도 있었다.

"너랑 닮았냐?"

이호 녀석이 외친 소리에 사방이 고요했다. 은형이 얼굴이 굳었다. 이호 녀석은 얼굴 전체를 검게 페인팅하고 서 있었다. 바자회 부스와 카페 부스에 몰려 있던 학생들과 학부모들의 시선이 은형이를 향해 쏠렸다.

"나도 튀기 같지?"

아무도 웃지 말아라, 제발. 아무도. 선웅이 바람과 달리 강당 곳곳에서 웃음소리가 났다. 선웅이 가슴이 무너졌다. 은형이는 울 것 같은 얼굴로 카페 부스를 떠났다.

"누나!"

선웅이가 재빨리 은형이 뒤를 따라 강당을 달렸다.

밤 12시 24분. 삼백이가 놀라 장미 넝쿨 속에서 고개를 들었다. 골목이 떠나가라 술주정을 하는 원중선 아저씨 때문이었다. 2층 창문에서 그 모습을 내려다보는 선웅이는 가슴이 조마조마했다. 낮에 있었던 일 때문에 은형이는 울다 잠이 들었을 것이다. 꿈길이라도 편안해야 할 텐데. 그래서 저녁부터 은형이네 집을 지켜보던 중인데. 밤새 술을 마시고 날이 밝아서야 집으로 돌아오는 게 일상인 아저씨가 왜 벌써 귀가하는 걸까? 원중선 아저씨가 회색 대문을 발로 걷어찼다.

"어라, 이것들이 나도 안 들어왔는데 벌써 잠 들었어?"

방문이 열리고 진따나 아주머니가 나왔다. 그 뒤에 은형이가 유령처럼 서 있었다. 원중선 아저씨 술주정이 은형이에게 향했다.

"어디서 애비를 그렇게 봐."

"그렇게 보게 만들잖아."

선웅이 가슴이 덜컥 내려앉았다. 언제나 원중선 아저씨를 피해 몸을 숨기던 은형이었다. 두 눈을 매섭게 뜬 채 노려보는 은형이 모습이 걱정스러웠다. 진따나 아주머니가 은형이를 말렸다.

"은형이 아버지, 들어가요."

"딸년 교육 한번 참 잘 시켰다. 제 애비한테 눈 치켜뜬 꼴 좀 보라지."

"제가 잘못했어요. 어서 들어가요."

원중선 아저씨가 팔을 뿌리쳤다.

"필요 없고. 돈이나 내놔."

"없어요. 당신이 다 가져갔잖아요."

"잔말 말고 어서 내놔."

"없어요. 정말 없습니다."

"따로 떼서 숨겨 둔 돈 있잖아."

은형이가 더 참지 못하고 나섰다.

"방바닥 장판 밑에 숨겨 둔 돈까지 전부 가져갔잖아. 기억 안 나? 그 돈이 어떤 돈인데."

"은형아, 그만해."

진따나 아주머니가 애원하다시피 은형이를 말렸다.

"외할머니가 편찮으시대. 병원에 가야 한다고 백만 원만 부쳐 달라잖아. 벌써 몇 달 전부터 전화 오는 거 몰라? 천만 원도 아니고 백만 원이야. 그 돈 때문에 태국에서 외할아버지 혼자 걱정하는 거 뻔히 알면서 어떻게 그 돈으로 술을 마시고 화투를 치는데?"

"옳아. 그동안 그런 식으로 태국에다 돈을 빼돌린 거로구나. 내 돈을 너희 외갓집으로 싹 빼돌린 거였어."

"그게 어떻게 아빠 돈이야. 엄마가 번 돈이지. 양심 좀 있어 봐."

"뭐가 어쩌고 어째? 저런 망할 년."

"망할 년? 어쩌나, 난 태어난 순간 이미 망했는데? 이렇게 튀겨져서 나온 순간 망했다고."

원중선 아저씨가 은형이 얼굴을 향해 팔을 뻗었다. 진따나 아주머니가 그 팔을 막았다. 선웅이는 휴대전화를 들었다.

"너 이리 들어와."

원중선 아저씨가 은형이 머리채를 휘어잡고 방으로 들어가려고 했다.

"은형이 아버지, 제가 잘못했어요. 용서해 주세요. 제발 은형이 놔줘요. 은형이 놓으라고요."

진따나 아주머니가 애원하면서 따라 들어갔다. 선웅이는 112를 누르며 계단을 내려갔다. 빨리 빨리. 천 년처럼 긴 통화음이 울리고.

"여보세요? 여기 배화동 배화로 360번길인데요. 태양당 한의원 골목요. 가정 폭력 사건이에요. 사람이 죽어요. 빨리요. 제발 빨리요."

선웅이는 골목으로 나오며 악을 쓰다시피 외쳤다. 아버지와 엄마가 놀라서 뒤따라 나왔다. 회색 대문 너머를 향해 선웅이는 호루라기를 불었다. 골목에 날카로운 소리가 울렸다.

"내가 가 보마. 걱정 마라."

선웅이 아버지가 은형이네 마당을 뛰었다.

"은형이 어머님! 은형이 어머님!"

방 안은 고요했다. 곧 순찰차가 골목으로 들어섰다. 경찰 두 명이 차에서 내려 마당으로 들어섰다. 안에서 걸린 방문을 두드리던 선웅이 아버지가 경찰을 맞이했다.

"신고받고 왔습니다. 안에 계십니까?"

잠시 뒤 진따나 아주머니가 어색한 표정으로 방에서 나왔다.

"아주머니, 또 신고가 들어왔어요."

"아, 아닙니다. 우리 집에는 아무 일도 없습니다."

"정말 아무 일 없어요?"

"네에, 아무 일 없습니다."

"그래도 신고가 들어왔으니까 잠깐 살펴보겠습니다."

원중선 아저씨가 툇마루로 나오며 소리쳤다.

"어떤 새끼가 또 전화질을 했어? 언제부터 이 나라가 내 새끼 훈육도 맘대로 못 시키는 나라가 됐어? 봐, 보라고. 난 아무 짓도 안 했으니까."

경찰들이 방을 살피고 나왔다. 앞마당과 뒷마당도 살폈다.

"별 재수 없는 것들."

원중선 아저씨가 비틀대며 마당을 가로질러 나왔다. 선웅이 가족을 향해 침을 뱉고 골목을 빠져나갔다. 진따나 아주머니가 경찰들을 배웅했다. 순찰차 불빛이 빠져나가고 골목은 잠잠해졌다.

"저 집안 꼴도 참. 날이면 날마다 저러고 어떻게 살아."

엄마가 한숨을 내쉬며 대문 안으로 들어갔다.

"괜찮니?"

아버지가 선웅이 어깨를 두드렸다. 선웅이는 불안한 눈으로 은형이네 집을 살폈다.

"은형이도 괜찮은 것 같으니 너도 그만 올라가거라."

삼백이는 인간들의 소란이 무서웠는지 어디론가 사라졌다. 가로등 불빛만 골목을 채웠다. 선웅이는 창문가에서 뚫어져라 은형이네 집을 지켰다. 정수리 위에서는 은하수가 범람하는 소리. 큰 강이 하늘로 올라가서 은하수가 되었다는데. 그래서 저렇게 절렁절렁 큰 소리가 나는 걸까. 땅에 사는 사람의 귀에도 들리는 그 물소리. 거북 등처럼 납작 엎드린 기와지붕 아래서 들리는 것도 같은데. 남반구와 북반구에 걸쳐 흐른다는 은하수 물소리는 거짓말. 난 분명히 저기에서 들리는데. 선웅이는 어둠 속에 웅크린 기와지붕을 내려다보며 가슴이 먹먹했다.

여름밤 별들이 한 치의 오차도 없이 운행하는 새벽 2시. 선웅이는 돌처럼 창문가에 서서 은형이 집을 지켰다. 드르륵, 유리문이 열리는 소리. 은형이가 툇마루에 섰다. 선웅이는 후다닥 방을 나섰다.

"누나."

은형이는 멍한 눈으로 골목을 서성였다. 어디로든 가고 싶은데 어쩌지 못하고 제자리만 뱅뱅 도는 모습으로.

"누나, 뭘 찾아?"

은형이가 몽롱한 눈으로 대답했다.

"기린……."

선웅이는 말문이 막혔다. 꿈길에 들은 말을 기억하는 것일까?

"사바나……? 사바나에 갈래?"

은형이는 천천히 고개를 끄덕였다.

"가…… 사바나……."

사바나라는 말에 기억이 살아난 것처럼 은형이는 골목을 걸었다. 한의원 골목 끝에서 오른쪽으로 방향도 잘 찾았다. 우체국과 24시 우량 슈퍼, 동사무소를 지나 2차선 도로 앞에 섰다. 푸른 신호등 불빛이 열리자 횡단보도를 건넜다. 샘물 공원엔 달빛이 강물처럼 고여 있었다. 은형이는 꿈길에 나설 때마다 앉곤 했던 그네로 향했다.

"누나, 나랑 걷는 꿈길을 기억하는 거야?"

선웅이는 은형에 옆에 앉아 조용히 물었다. 밤바람이 부드럽게 불었다.

"물……."

"목말라?"

은형이는 대답하지 않았다.

"목마르구나. 슈퍼에서 사 올게. 어디 가지 말고 여기서 기다려, 누나."

낮에 카페 부스에서 내가 목마르냐고 우물쭈물 건넸던 말을 기억하는 것일까? 그럴지도 몰라. 그러니까 물을 찾지. 탈칵.

가로등 불이 나가는 소리일까? 탈칵. 이복규 할아버지가 끄는 수레바퀴에서 나는 소리일까? 탈칵. 이복규 할아버지는 보이지 않는데? 탈칵. 무심코 은형이 쪽으로 고개를 돌렸을 때 불길이 일었다.

"누나!"

선웅이는 엎어질 듯 달렸다.

"누나, 죽고 싶어?"

선웅이는 두 손으로 은형이 머리카락을 비볐다. 은형이 머리에 붙었던 불꽃이 사그라졌다.

"죽고 싶어서 이러냐고!"

선웅이는 화가 나서 라이터를 빼앗아 멀리 던졌다. 다리에 힘이 풀리며 주저앉았다. 은형이 얼굴이 기묘하게 일그러졌다. 선웅이는 아차 싶었다. 은형이는 꿈을 꾸는 중이었다. 혼란하고 낯선 꿈. 선웅이까지 소리를 지르며 어수선하게 해서는 안 되는 꿈길이었다. 머리카락 탄내가 났다. 복숭아 냄새, 수박 냄새, 장미꽃 냄새로 너울대는 한여름 밤에 왜 그런 슬픈 냄새를 맡아야 하는 걸까.

"누나, 여긴 사바나야. 봐 저기."

선웅이가 가리키는 어둠 속을 은형이가 응시했다. 엄지손가락으로는 여전히 라이터 켜는 동작을 했다. 선웅이가 은형이 손을 가만히 잡았다. 은형이 엄지손가락이 잠잠해졌다.

"기린들이 풀을 뜯고 있잖아. 여긴 안전해, 누나. 안심해도 돼."

몽유병. 잠에서 깨어나 걸어 다니는 일이 반복적으로 일어나는 상태.

"기린은 온종일 아카시아잎을 되새김질해. 유유히 열대의 바람 속을 거닐며."

지나친 긴장이나 스트레스가 그 원인이라는데.

"타각타각 발굽 소리 좀 들어 봐. 절도 있는 걸음걸이지?"

잠이 들고 한두 시간 사이에 잠자리에서 일어나 걸어 다니거나 멍한 시선으로 혼잣말도 하는.

"기린은 사람처럼 일곱 개의 목뼈를 갖고 있어."

대화를 시도하는 다른 사람의 노력에는 별 반응을 보이지 않는다는데.

"봐. 선인장에 난 분홍 꽃을 먹는다. 긴 목으로 키 큰 바오밥나무 열매도 잘 따 먹네."

그 꿈길은 몇 분 정도 혹은 한 시간 넘게도 지속되기도 하지만.

"기린은 애벌레나 지네 같은 건 먹지 않는대."

잠을 깨고 나면 그 꿈길을 기억 못 한다고.

"신기하지? 튼튼한 일곱 개의 목뼈를 갖고도 기린은 울부짖지 않잖아. 원숭이나 사자처럼 날카로운 소리를 내지 않는대."

몽유병 증상이 나타날 때는 억지로 그 꿈길 밖으로 불러내서는 안 된다고.

"근사하지? 아카시아잎이나 되새김질하면서 유유히 대초원을 가로질러 다니는 거."

판단력이 떨어져 위험한 행동을 할 수도 있다고 했으니 다시 잠들 때까지 안전하게 돌보는 게 낫다고.

"우리는 지금 아프리카의 사바나에 있어. 여기는 행복해. 누나는 불안하고 두려워하지 않아도 돼."

그래, 몽유병 증상 중에 대화가 불가능하다는 것도 있지만.

"누나, 누나한테 꼭 들려주고 싶은 동화가 있어. 분홍 달팽이 얘기야. 나만 아는 이야기. 누나에게만 들려주는 이야기. 누나는 내 동화 속의 주인공이니까."

누나, 갈대숲에 모여 사는 갈색 달팽이들이 있었어. 갈색 달팽이들은 갈대숲 안에서만 사느라 점점 바깥세상을 잊게 되었어. 오래전 자신들이 바다에서 태어나 갈대숲으로 올 때 건넜던 들판마저 잊었지. 갈대숲만이 갈색 달팽이들이 아는 세상의 전부였어.

그런데 말이야. 갈색 달팽이들 속에서 어느 날 분홍 달팽이가 태어났어. 갈색 달팽이들은 분홍 달팽이가 싫었어. 자기네 세상에서는 본 적도 들은 적도 없는 빛깔의 달팽이였거든. 분홍 달팽이는 구박덩어리로 살았어.

분홍 달팽이는 남들이 먹다 버린 갈댓잎이나 먹고 가장 축축한 곳에서 살았어. 그런데 신기하지? 분홍 달팽이가 갈대숲을 거닐기라도 해 봐. 갈대숲이 태양처럼 환해지는 거야. 그 빛에 의지해 갈색 달팽이들은 갈대에서 갈대로 옮겨 다니거나 깊은 웅덩이를 피해 다녔어. 분홍 달팽이만 몰랐어. 자기가 얼마나 환한 존재인지.

분홍 달팽이는 밤마다 갈대숲 바깥에 나가서 별을 올려다보았어. 갈색 달팽이들은 비웃었어. 무거운 달팽이집을 지고 살기도 힘든데 고개 들어 별은 왜 보느냐고. 분홍 달팽이는 조금씩 조금씩 길을 냈어. 그러다 발견했어. 오래전 갈색 달팽이들이 건너온 들판을. 갈대숲 습지와는 전혀 다른 땅. 발도 빠지지 않고 진흙도 묻지 않는 땅. 더듬이를 찔러 대는 꺼끌꺼끌한 갈댓잎이 없는 땅. 훈훈한 바람이 밀려와 콧구멍을 간질이고 더듬이 너머 별들의 운행이 끝없이 이어진 땅. 분홍 달팽이는 부드러운 흙을 밟으며 뭉클했어.

분홍 달팽이는 밤마다 들판으로 나갔어. 아주 달짝지근한 냄새가 났거든. 바람이 콧구멍 속으로 밀려올 때마다 그 냄새가 났어. 분홍 달팽이는 뱅글뱅글 돌며 그 냄새를 찾다 저 멀리 별들이 우박처럼 떨어지는 들판 너머로 눈이 갔어. 향기로운 냄새는 그곳에서 풍겨 오고 있었어. 또 뭐가 있구나! 하지만 들판 너머는 가 본 적이 없는 곳이었어.

분홍 달팽이는 궁금해서 견딜 수 없었어. 갈대숲에서 제일 나이가 많은 갈색 달팽이를 찾아갔어. 습지 건너 들판에 다녀온 사실을 말했어. 들판 너머에 무엇이 있는지 물었지. 늙은 갈색 달팽이는 뻔한 소리라는 듯 짧게 대답했어. 그곳은 낭떠러지다. 왜냐하면 그동안 거기로 갔던 달팽이는 누구도 돌아오지 못했으니까.

분홍 달팽이는 놀라웠어. 이미 그 들판을 건너간 달팽이가 있었다니! 분홍 달팽이는 바람 속에 더듬이를 맡기고 들판을 거닐었어. 더듬이에 닿는 부드럽고도 가벼운 것이 느껴졌어. 뭐지? 달빛에 드러난 것은 눈처럼 하얗고 투명한 것이었어. 냄새는 또 어찌나 달고 향기로운지. 바로 그 냄새였어. 분홍 달팽이는 그것을 들고 늙은 갈색 달팽이를 찾아갔어.

그건 달에서 떨어진 비늘이야. 달 비늘? 그래, 달 비늘. 물고기에게 비늘이 있듯 달에도 비늘이 있어서 가끔 땅에 떨어진다더구나. 그렇게 하나씩 떨어진 달 비늘이 저 들판 너머에 수두룩하게 쌓여 있다더군. 하지만 그걸 두 눈으로 본 달팽이는 아직 아무도 없지. 다만 전설일 뿐이야. 그걸 믿고 어리석은 달팽이들이 들판을 건너갔다가 돌아오지 못했지. 그깟 달 비늘 따위에 호들갑은.

달 비늘이었구나! 두 번 다시 돌아오지 못한다고 해도 가 보고 싶었어. 분홍 달팽이는 뒤집힐 것 같은 심장을 안고 갈대숲을 떠났어. 몇 날 몇 밤인가 달 비늘을 찾아 걸었어. 들판 끝인 것도 같은데. 들판 끝인 것도 같은데 하면서. 다시 몇 날 몇 밤을 걷다가 분홍 달팽이는 아득한 곳으로 떨어져 내렸어.

정말 낭떠러지였구나. 아찔한 추락이었지만 이상하게도 몸이 가벼웠어. 무언가 부드럽고 간지러운 것이 분홍 달팽이를 받쳐 주었거든. 주위를 돌아보던 분홍 달팽이는 감격하고 말았어. 들판에서 맡았던, 아니 들판에서 주웠던 달 비늘이 무수히 깔려 있었던 거야. 분홍 달팽이는 환호성을 지르며 달 비늘 위에서 뒹굴었어.

그곳은 낭떠러지가 아니었어. 달 비늘이 가득한 또 다른 세상이었어. 그때 분홍 달팽이 눈에 너무도 낯익은 달팽이 하나가 다가왔지. 그 달팽이도 자기와 닮은 분홍 달팽이였어. 분홍 달팽이는 울먹이며 말했어. 나를 닮은 분홍 달팽이는 처음 봐. 내가 살던 갈대숲엔 온통 갈색 달팽이뿐이었거든. 난 너무 외로웠어. 너무 외로워서 들판으로 나왔어. 달빛도 별빛도 부드러운 흙도 다 핑계였어. 사실은 너무 외로워서 자꾸자꾸 들판으로 나왔던 거야.

분홍 달팽이는 굵은 물방울을 뚝뚝 흘리며 울었어. 그동안 참고 있던 슬픔이 한꺼번에 터져 버린 거야. 그러자 이상한 일이 벌어졌어. 머리맡에 뜬 달에서 비늘이 떨어져 날리는 거야. 점점이, 하늘하늘, 가뿐가뿐, 살랑살랑……. 분홍 달팽이는 눈물이 말라붙을 때까지 울었어. 가슴에 차 있던 슬픔이 달 비늘처럼 자신에게서 떨어져 나가는 걸 느꼈어.

분홍 달팽이 앞에 마주 선 달팽이가 말했어. 이제 네 영혼이 가벼워졌니? 여긴 꿈꾸는 달팽이만 볼 수 있는 세상이란다. 너처럼 자신을 위해 꿈꾸는 달팽이만 오는 세상이야. 네가 슬픔에 둘러싸여 있던 기억을 벗어 낼수록 저 달도 비늘을 벗는단다. 왜냐하면 저 달은 이 세상으로 오는 달팽이를 위한 달이거든. 슬픔도 시간이 지나면 향기가 나. 네 발등을 덮은 달 비늘도 그래서 향기가 나는 거야.

분홍 달팽이는 눈물을 닦고 발목을 덮은 달 비늘을 바라보았어. 그 달팽이가 다시 말했어. 분홍 달팽이야, 그 비늘들은 바람에 날려 네가 건너온 들판으로 갈 거야. 너처럼 그 비늘을 보고 또 누군가가 찾아오겠지. 그 달팽이도 여기 서서 너처럼 울 거야. 지난 슬픔을 벗어 내느라 엉엉 울 거야. 이런 꿈이 언제까지나 물레방아처럼 돌고 돌 거야. 여길 믿고 찾아오는 달팽이들이 있는 한.

분홍 달팽이는 자기가 얼마나 멋진 선택을 한 것인지 비로소 깨달았어. 바로 그때 분홍 달팽이와 마주 선 달팽이가 소리쳤어. 저기 봐, 분홍 달팽이야. 들판으로 가는 달 비늘이야! 휘황한 달빛 속에서 팔랑팔랑 들판 저 너머를 향해 날아가는 달 비늘이 보였어. 분홍 달팽이는 가슴이 뛰었어. 자기가 띄운 향기로운 달 비늘이 누군가를 향해 날아가고 있었으니까!

"은형이 누나, 누나도 들판 너머 세상에 가고 싶은 거지? 그래서 지금 이렇게 꿈을 꾸고 있는 거지? 내가 바라는 건……누나가 분홍 달팽이처럼 들판 너머 세상으로 갈 때 나도 함께 가는 거야. 아니, 분홍 달팽이를 기다리고 있던 그 달팽이처럼 이미 나도 거기 서서 누나를 기다리는 거야. 은형이 누나, 그 달팽이가 그랬잖아. 슬픔도 시간이 지나면 향기가 난다고. 난 누나가 그 말을 믿어 줬으면 좋겠어."

은형이는 멍한 시선으로 대답이 없었다.

"견딜 수 없는 슬픔이 누나를 지치게 해도 누나가 있어서 이 세상이 얼마나 환하고 아름다운지 알았으면 해. 자신은 몰랐지만 갈대숲을 환하게 비추고 다니던 분홍 달팽이처럼 누나도 얼마나 환한 존재인데. 누나가 있어서 배화동이 있는 거야. 누나가 있으니까 담장에 붉은 장미가 피는 거고, 누나가 있으니까 저렇게 별도 뜨는 거야. 그러니까 누나, 누나 자신을 더 이상 아프게 하지 마. 부탁이야."

은형이가 선웅이 쪽으로 얼굴을 돌렸다. 여전히 몽롱한 시선이었지만 두 개의 동공이 선웅이를 보고 있었다.

"누나, 난 누나가 분홍 달팽이처럼 들판 너머 세상으로 갈 때만 이렇게 자유롭게 말할 수 있어. 알지, 누나? 내가 낮에는 누나 앞에서 얼마나 바보 같은지. 아이들 앞에서는 얼마나 머저리 같은지."

선웅이는 손등으로 눈가를 훔쳤다.

"누나가 분홍 달팽이 얘기를 영영 기억 못 해도 좋아. 나랑 이렇게 놀이터 모래밭까지 같이 걸은 것도 기억 못 해도 좋아. 은형이 누나만 오래오래 볼 수 있으면 돼."

선웅이는 젖은 눈으로 별을 보았다.

"누나, 별들도 나이를 먹겠지? 먹겠지! 은형이 누나랑 나도 나이를 먹겠지. 나이를 아무리 많이 먹어도 난 누나 옆에 있고 싶다. 권오복 할머니만큼 살면서."

은형이는 대답하지 않았다. 선웅이는 그것도 괜찮다고 눈물을 닦았다.

은형이는 이틀째 집에서 보이지 않았다. 선웅이는 은형이네 집을 내다보며 교복을 입었다. 삼백이가 담장 위에서 길게 몸을 늘렸다. 아침밥을 먹으러 가는지 바닥으로 뛰어내렸다. 삼백이 발바닥이 걱정되었다. 가로등 불빛이 없어도 환할 정도로 장미꽃이 만발한 7월이긴 했다. 한쪽 눈을 앗아간 인간에 대한 경계심 때문인지 달밤에는 도무지 땅으로 내려가지 않았다. 삼백이가 땅을 딛고 돌아다니는 때는 낮 시간뿐이었다. 샘물 공원에서 끼니를 때우거나 권오복 할머니에게 멸치 몇 점을 얻어 먹고 낮잠을 자는 때만 땅에 발바닥을 붙이고 다녔다. 선웅이가 학원에서 돌아올 때쯤 어슬렁어슬렁 한의원 골목으로 돌아와 담장 위에 자리를 잡았다.

"진따나 아주머니랑 은형이는 인천에서 내일 온다고 했나?"

"큰집이라도 애들이 은형이보다 한참 어리다네. 고아들처럼 남았으니 어떡해. 아이들이 들어가서 지낼 시설이라도 알아보고 온다는 것 같아."

"중선이 그 사람, 큰일이야. 자기 형이 죽거나 말거나 술에 찌들어서는."

"그러니까 알코올 중독자라고 하지."

선웅이는 어깨가 축 처져서 대문을 나섰다. 세상이 텅 빈 듯했다. 은형이가 없는 골목은 우중충한 회색빛이었다. 장미꽃도 더 이상 붉지 않았다. 선웅이는 공연히 배화동을 배회하며 등굣길을 찾았다. 꽃밥집이 있는 동사무소 골목으로 해서 황인백 화가의 화실이 있는 골목으로 빙 돌아서 갔다. 권오복 할머니네 마당에서 멸치를 먹고 있는 삼백이가 보였다.

"삼백!"

선웅이가 부르는 소리에 삼백이가 고개를 돌렸다. 검은 무늬에 가려 보이지 않는 눈이 반짝 햇살에 빛났다. 권오복 할머니가 멸치 똥을 빼서 삼백이에게 주다가 물었다.

"아침 먹고 가는 겨?"

"네. 할머니는요?"

"먹었다. 근디 어째 핵교를 이짝이로 가는 겨? 이리 가문 멀잖어?"

"그냥요."

"걍?"

"네."

선웅이가 갈 생각을 않고 발로 툭툭 바닥을 치고 있자 권오복 할머니가 말했다.

"핵교 가기 싫구먼?"

선웅이가 배시시 웃자 할머니도 웃었다.

"그러문 핵교 땡땡이치구 나랑 삼백이랑 여기서 놀든가."

"엄마한테 죽어요."

"엄니가 죽었다고?"

권오복 할머니가 화들짝 놀라 물었다.

"아니요. 엄마한테 혼난다고요."

"혼나야지, 그럼. 핵교도 안 가구 땡땡이치는디 혼나야 하고 말구. 삼백이 많이 먹어라, 잉."

"삼백인 좋겠다. 멸치나 먹고 학교도 안 가고."

"니가 괭이 새끼여? 그런 걸 부러워허게? 얼릉 핵교 가."

이복규 할아버지가 황인백 연필 초상화 화실 앞을 비질하고 있었다.

"안녕하세요."

할아버지는 말없이 고개를 끄덕였다.

"오늘은 무인도도 재미가 없다."

은형이가 없는 학교는 즐겁지 않았다. 무인도에도 건너가고 싶지 않았다. 무료했다. 초등학교 5학년 때부터 은형이 그림자를 따라 학교에 다녔다. 그동안 은형이 그림자가 보이지 않았던 날은 한 번도 없었다. 은형이 그림자가 없는 시간은 지루하기만 했다. 선웅이 의식은 몽롱했다. 국어 시간에도 몽롱하고 과학 시간에도 몽롱하고 영어 시간에 이르러서는 늘어진 고무줄 같았다.

체육 시간에 선웅이네 반 아이들은 옆 반과 축구를 했다. 선웅이도 그 속에 섞여 뛰는 모습을 상상했다. 건강하게 뛰어다니며 공을 차는 모습. 열 걸음도 뛰지 못하고 가쁜 숨을 내뿜는 뚱뚱한 자신의 몸이 측은했다. 친구들의 환호성을 받으며 운동장을 달리는 아이들의 모습이 경주마 같았다. 그 애들이 공을 차지하기 위해 내달리다 서로 부딪치며 넘어지는 모습이 검투사 같기도 했다. 그뿐이었다. 어디에도 은형이가 보이지 않았으니까.

학원에서도 기분이 가라앉았다. 집으로 돌아가서도 은형이를 볼 수 없을 테니까. 터벅터벅 한의원 골목을 걸었다. 회색 대문은 굳게 닫혀 있었다. 2층 방 창문에서 은형이네 집을 내려다보았다. 저녁 땅거미 지는 마당이 고요했다. 삼백이가 담장 위로 훌쩍 뛰어오르는 게 보였다. 선웅이는 교복을 입은 채침대 위로 누웠다. 엄마가 올라와 교복이라도 벗고 자라고 잔소리를 했지만 눈을 뜨지 못했다.

툭툭, 누군가 창문을 두드렸다. 선웅이는 눈을 비비며 일어났다. 에어컨 때문에 닫아 놓은 창문 너머에 기린이 보였다. 후박나무 잎사귀를 우물대며 나오라고 고개짓을 했다. 선웅이가 골목으로 나오자 기린이 앞장섰다. 한의원 골목 끝에서 오른쪽으로 지체 없이 방향을 트는 기린. 우체국을 지나고 24시간 우량 슈퍼를 지나 동사무소 앞에 섰다. 2차선 도로를 건너또각또각 샘물 공원으로 들어섰다.

기린을 따라 샘물 공원으로 들어서던 선웅이는 눈을 비볐다. 달빛 아래 펼쳐진 사바나. 거기서 불어오는 후끈한 바람. 임팔라 떼가 땅을 울리며 지나갔다. 선웅이는 사바나를 발바닥으로 느끼며 걸었다. 건기를 잘 견디는 키가 큰 풀이 자라는 땅. 들소와 얼룩말과 코뿔소가 풀을 뜯어 먹으며 발굽으로 걷는 땅. 멀리 아카시아 나무의 잎을 따 먹기 위해 긴 목을 움직이는 기린이 보였다. 그 뒤로 납작 엎드려 사냥할 기회를 노리는 암사자 무리.

선웅이는 호신용 호루라기를 불었다. 호르르륵! 호르르륵! 치타인지 원숭이인지 앙칼지게 울었다. 암사자가 선웅이를 향해 달려왔다. 순식간에 암사자가 선웅이 종아리를 물었다. 치

타인지 원숭이인지 다시 길게 울었다. 선웅이는 고통스러워 몸부림쳤다. 다른 한 발로 암사자를 걷어차며 낭떠러지로 떨어졌다.

"냐아아옹! 냐아아옹!"

선웅이는 번쩍 눈을 떴다. 방바닥으로 떨어지며 부딪친 꼬리뼈에 통증이 일었다.

"냐아아옹! 냐아아옹!"

창문 너머에서 삼백이 소리가 울렸다. 창가에 서니 삼백이가 선웅이를 향해 울부짖었다. 은형이네 회색 대문이 열려 있었다. 선웅이는 후다닥 골목으로 나갔다. 삼백이가 한의원 골목 끝으로 달렸다. 왼쪽 재래시장 쪽으로 꺾어졌다. 삼백이가 멈춘 곳에 아궁이 불 같은 것이 타오르고 있었다. 양푼 순대국밥집 앞이었다.

"불이야!"

선웅이는 손으로 입을 막았다.

'만약에!'

선웅이는 교복을 벗어서 불을 껐다. 불티가 사방으로 날렸다. 잿더미를 발로 비비고 손으로도 두드렸다. 호루라기 소리가 골목에 울렸다. 순대국밥집 유리문 너머에서 환하게 불이 켜졌다. 선웅이는 가로등 밑을 달렸다.

"거기 누구여!"

배화동을 야간 순찰하는 방범대원 아저씨들이었다. 선웅이는 헐레벌떡 골목을 돌아서 집으로 뛰어들었다. 발자국 소리가 요란하게 골목에 울렸다. 호루라기 소리도 퍼졌다. 선웅이는 2층 방으로 뛰어올랐다. 스스로 놀라웠다. 자신의 몸이 그렇게 날렵할 수 있다는 사실이. 침대 위에 누워 있는데 다리가 후들거렸다.

"대체 어느 놈이 우리 집 앞에다 또 불을 낸 거야. 나한테 뭔 원수가 져서 그러는 거냐고."

양푼 순대국밥집 아줌마가 고래고래 내지르는 소리도 울렸다. 나무 계단을 급히 뛰어오는 소리가 났다. 방문이 벌컥 열리고 불이 켜졌다. 선웅이는 이불을 뒤집어쓰고 자는 척했다.

"일어나."

엄마가 이불을 홱 젖혔다. 선웅이는 자는 척했다. 엄마가 후려쳐도 눈을 뜨지 않았다.

"일어나라니까."

엄마가 무지막지한 힘으로 선웅이를 일으켜 앉혔다. 104킬로그램이나 나가는 몸을 거뜬히 일으켜 세우는 엄마 앞에서 더 꾀를 내기는 어려웠다. 엄마는 땀에 젖은 선웅이 얼굴을 보곤 입을 벌렸다. 뒤따라온 아버지도 놀란 눈이었다. 엄마가 선웅이 발을 가리켰다.

"세상에…… 얘 또 맨발로 나갔었어."

엄마가 선웅이 손을 잡았다. 잿더미를 두드렸던 양손이 새까맣게 변해 있었다.

"맙소사. 맙소사. 아이고, 맙소사."

엄마는 선웅이 양손과 양발을 번갈아 보다 번쩍 손을 들었다. 선웅이는 눈을 질끈 감았다. 아버지가 선웅이를 향해 내려오는 엄마의 손을 막았다.

"애 충격 받으면 어쩌려고 이래요. 몽유병에 빠지면 자기가 뭘 하는지 모른다는 걸 알잖아요. 선웅이는 지금 꿈속을 걷고 있는 거라고요. 이게 꿈속인지조차도 모른다고요."

"미쳐. 얘가 왜 자꾸 순대국밥집에다 불을 놓지? 작년 겨울에도 자다 말고 나가서는 불을 냈잖아."

"쉿! 조용히 선웅이 눕혀요."

그렇구나! 그때도 삼백이가 울부짖고 있었어. 시험공부를 하다 깜빡 잠들었던 그 새벽에도 삼백이가 깨워 줬었어! 알람 소리를 듣지 못한 채 책상에 엎드려 자다가 은형이 혼자 골목을 헤매는 것을 알지 못했다. 삼백이 소리를 듣고 달려 나갔을 때 양푼 순대국밥집 입간판에 불이 붙고 있었다. 은형이가 두 손을 늘어뜨린 채 불을 바라보고 있었다. 선웅이는 빗물받이 통의 물을 부어 불을 껐다. 은형이 손을 잡고 돌아오는데 온몸이 덜덜 떨렸다. 은형이 꿈길을 따라 동행한 이후 그날처럼 무서운 꿈길은 처음이었다.

"우리 선웅이가 그랬다고 단정 지을 수는 없어요. 두 눈으로 본 게 아니니까."

"애 손발을 보고도 그런 말이 나와? 이렇게 새카만 재가 묻어 있는데?"

"소리 낮춰요. 선웅이 놀란다니까."

아버지가 선웅이 위로 이불을 덮었다. 엄마를 토닥여 방을 나갔다. 문이 닫혔다 싶은 순간 엄마 목소리가 쩌렁쩌렁 울렸다.

"이게 다 당신 탓이야. 당신, 어렸을 때 몽유병 있었다고 했지? 맨발로 동네 돌아다니다 개한테도 물렸었다면서. 한심해, 한심해. 아들한테 물려줄 게 없어서 그런 걸 물려줘. 이제 어쩔 거야. 선웅이가 밤마다 기어 나가서 불을 지르고 돌아다니면 어쩔 거냐고."

"순대국밥집에 사실대로 밝힐까요? 우리 선웅이가 잠결에 방화한 거라고."

"방화? 그럼 선웅이가 방화범이란 소리야? 얜 몽유병 환자일 뿐이야. 자기가 꿈속에서 무슨 일을 했는지 어떤 말을 했는지조차 기억 못 하는 몽유병 환자라고 당신이 먼저 말했어. 그래 놓고 아들한테 방화범? 방화범? 한 번만 더 그딴 소리 지껄여 봐. 용서 안 해!"

그래, 그때도 오늘도 은형이 누나랑은 상관없어. 도깨비불이야. 도깨비불. 권오복 할머니가 그랬잖아. 도깨비는 사람의 그림자라고. 눈에 보이지는 않지만 함께 살아간다고. 심심한 날에는 불을 놔서 사람들을 놀라게도 하고 홀리기도 한다고. 심술궂고 괴팍해서 그렇다고. 그래 그러니까 그때도 오늘도 그불은 도깨비가 놓은 불이야. 은형이 누나는 도깨비불에 홀려서 있었던 거고. 괜찮아. 은형이 누나도, 나도…… 괜찮아.

5.
복숭아씨를 꿈꾸다

방학식을 하고 이틀이 지난 일요일 오후까지도 엄마는 선웅이 눈치를 살폈다. 일주일 전에 있었던 선웅이 몽유병 증세로 부쩍 신경이 예민한 엄마였다.

　"스트레스 받는 거 있니? 친구들이 괴롭힌다거나 폭력을 쓴다거나."

　선웅이는 포도를 먹으며 대꾸했다.

　"은따긴 해도 맞거나 괴롭힘을 당하진 않아. 엄마는 엄마 아들이 사회 적응 능력이 제로라고 여기나 본데."

　"그런데 밤에 그런 짓을 하고 돌아다녀!"

　엄마는 그렇게 소리치고 움찔 놀라 입을 닫았다. 선웅이는 못 들은 척 포도알을 서너 개씩 입에 넣고 우물거렸다. 엄마가 선웅이 손등을 내리쳤다.

"굶었어? 밥을 안 먹었냐고? 왜 항상 걸신들린 것처럼 먹어 대? 그만 먹어. 벌써 다섯 송이째야."

"엄마, 내 몸을 봐. 다른 사람이랑 똑같은 속도로 똑같은 양을 먹어서는 안 되는 몸이라고. 다 자기 몸에 맞는 속도와 양이 있어."

"말이나 못하면. 제 애비 닮아서 주둥이만 야물야물. 보니까 넌 아주 멀쩡해. 내일부터 과외 선생님 부를 거야."

"그냥 학원 다닐 거야."

"과외 받으라고. 성적이 그 모양이면 고등학교도 못 들어가. 대학을 나와도 취직을 못 해서 백수 노릇하는 사람이 밀리고 밀린 시댄데."

"동화 쓰면 되지. 난 동화 작가가 될 거야."

엄마의 매운 손이 선웅이 등짝에 떨어졌다.

"망상 짓거리 할 생각 말랬지. 그딴 건 꿈도 꾸지 마."

"동화 작가가 어때서?"

"거짓말이잖아! 비현실적이라고! 근거 없는 몽상, 현실 감각을 잊은 환상일 뿐이라고!"

"거짓말이랑 달라. 거짓말은 자기 이익을 위해서 사실이 아닌 걸 사실인 것처럼 남을 속이는 거고 동화는 진실을 말하기 위한 은유라고. 심청전이 왜 심청전인데. 정말 거짓말이면 벌써 없어졌지. 그렇게 몇백 년씩 어떻게 살아남았겠어? 엄마가 과학이라고 믿는 수학도 그냥 은유야. 우리가 살아가는 우주의 은유라고. 은하수와 무지개와 만유인력과 백뱅이 뭔지 쉽게 이해시키려는 은유일 뿐이라고. 동화도 그런 거야."

"이게 정말. 터진 입이라고 어디서 이해도 못할 소릴 주워들어 가지고서는."

엄마가 선웅이 구레나룻을 잡아 올렸다. 선웅이는 비명을 지르며 엉덩이를 들었다.

"너 말 잘했다. 우주가 뭐고 너란 인간이 뭔지 그럼 그 은유란 걸 완벽히 배우면 되겠네. 내일부터 수학 과외 시작해."

"싫어. 그랬단 봐. 10킬로그램 더 찔 거야."

그 소리에 엄마는 기가 찬 얼굴로 물러섰다. 선웅이는 내친김에 쏟아 냈다.

"한다면 하는 거 알지? 과외 선생님들 올 때마다 5킬로그램씩 더 살 찌운 거?"

엄마는 분해서 말을 잇지 못했다.

"엄마가 아무리 못 먹게 해도 다 먹는 수가 있어."

엄마 목소리가 버럭 터졌다.

"그럼 어떻게 하란 거야! 성적이 바닥을 치는데! 수학 점수가 E등급인데!"

"은형이 누나면 할게."

선웅이는 자기가 말해 놓고도 침을 꿀꺽 삼켰다. 실현 불가능한 소리였다.

"뭐라고?"

"은형이 누나가 수학 과외 해 주면 한다고."

"아, 맞다! 은형이가 1학기 성적 평가에서 전 과목 A등급이 랬어!"

예상치 못한 반응이었다. 엄마는 환한 기색으로 선웅이 어깨를 잡고 흔들었다.

"딴소리 했다간 알아서 해. 네가 먼저 말한 거야. 은형이랑 공부한다는 거?"

"당연히……."

"진따나 아줌마! 진따나 아줌마!"

엄마는 선웅이 대답을 듣지 않고 계단을 뛰어 내려갔다. 선웅이는 어이없었다. 세상일이란 게 계획대로 안 되는 게 많다고 들었다. 그 이유를 알겠다. 이렇게 계획하지 않은 일들이 뜻밖에 이루어지기 때문이었다. 그래야 세상은 공평해지고 평행을 이룬 채 돌아갈 테니까. 선웅이는 창문을 벌컥 열고 외쳤다.

"누나, 공부하자!"

은형이네 집 빈 마당에 선웅이 목소리가 뱅뱅 울려 퍼졌다.

중부 지역을 관통하는 태풍은 40년 만에 찾아온 위력적인 태풍이라고 했다. 최대 순간 풍속이 초속 30미터로 강풍을 동반한 태풍이었다. 장대비도 격렬하게 쏟아졌다. 지구의 바닷물 한쪽이 거대하게 일어나 덮쳐 내리듯 무섭게 쏟아지는 빗줄기였다. 천둥 번개가 천지를 뒤흔들었다. 창문을 이중으로 닫고 커튼까지 쳤어도 창밖의 소란함이 그대로 전해졌다.

바다를 건너온 경이로운 존재가 벌이는 한여름의 무시무시한 축제. 먼 곳에서 빗물에 미끄러지는 자동차 바퀴 소리도 울렸다. 세상을 날려 버릴 듯 몰아치는 비바람에 골목의 전깃줄이 웅웅 몸을 떠는 소리도 들리고. 번쩍, 하늘에서 푸른 번개가 갈라질 때마다 겁 많은 개들이 컹컹컹 짖었다.

하지만 선웅이가 앉아 있는 방 안은 태풍의 눈 속 같았다. 비바람도 번개도 개 짖는 소리도 침범하지 못하는 곳. 오로지 은형이와 선웅이, 수학 공식만 고요하게 자리 잡은 곳. 은형이가 수학 문제를 풀어 보이느라 연필 굴리는 소리마저 투명하게 사라져 버린 곳. 그래서 선웅이는 걱정되었다. 쿵쾅거리는 심장 소리가 은형이에게 들리면 어쩌나. 최대한 숨을 작게 쉬려고 노력했다.

속이 메스꺼운 것 같기도 했다. 아침에 먹은 구충제 때문인가? 아니었다. 메스꺼움 보다는 울렁거림이었다. 체했나? 그것도 아니었다. 이마 한가운데가 어지러운 것이 감기 기운 같기도 했다. 은형이랑 공부를 시작한 일주일 전부터 나타난 증상이었다. 은형이가 수학 문제를 풀며 알겠니? 하는 눈으로 바라볼 때마다 기침이 났다. 공연히 기침이 쏟아졌다. 아니었다. 그 눈길에 놀라서 일부러 쿨룩쿨룩 내는 소리였다.

"누나, 잠깐만."

선웅이는 미리 가져다 놓은 쌍화탕을 마셨다. 선웅이는 감기 환자였다. 그래서 자꾸 쿨룩대는 걸 은형이가 이해해 줄 것이다. 아니 선웅이가 쿨룩거리는 진짜 이유를 눈치채지 못할 것이다. 은형이한테 과외를 받는 겨울까지 계속 쌍화탕을 마셔야 할지도 몰랐다. 일주일에 세 번, 월 수 금. 선웅이는 세상에서 가장 행복한 감기 환자였다.

"여기 올 때마다 놀라는 게 있는데."

은형이가 공부 외에 처음으로 말을 걸었다.

"네 방의 거울. 한쪽 벽면을 다 채운 저 커다란 거울."

"엄마가 달아 놓은 거야. 전신 비춰 보면서 살 빼라고."

은형이가 피식 웃었다. 웃었다! 선웅이 말문이 트였다.

"엄마는 금방 후회했어. 거울을 볼 때마다 점점 부풀어 오르는 내 몸이 보였거든."

은형이는 보조개를 피우고 웃었다.

"우리 집엔 거울이 하나도 없어. 아빠가 다 깨 버려서. 거울이 있었어도 아마 아무런 소용이 없었을 거야. 아무도 비춰 보고 싶어 하지 않으니까."

"왜?"

"모르겠니?"

조심스럽게 묻는 선웅이를 은형이가 뚫어져라 쳐다보았다. 먹물처럼 검은 눈동자가 흔들렸다.

"재작년 겨울에 증명사진을 찍으러 사진관에 갔어. 중학교 입학할 때. 너도 알지? 알라딘 사진관."

"응."

처음이었다. 은형이가 자기 이야기를 그렇게 긴 시간 동안 말하는 건.

"알라딘 아저씨가 나한테 그러더라. 네 피부를 밀가루처럼 뽀얀 사진으로 뽑아 주마. 눈 쌍꺼풀이 너무 짙어서 싫지? 쌍꺼풀을 지우고 외꺼풀로 해 주마. 한국에서는 외꺼풀 눈이 유행이잖니. 사진으로라도 너도 한국인처럼 생겨 봐야지."

선웅이는 우물쭈물 답을 찾지 못했다. 은형이가 혼잣말처럼 물었다.

"난 한국인일까, 태국인일까?"

"그야 한국인."

"그럼 우리 엄마는? 그렇게 말하면 엄마를 부정하는 말이 되잖아."

은형이가 혼잣말처럼 내뱉었다.

"튀기지."

침묵 속에 빠진 방. 창문 밖은 태풍의 소용돌이. 선웅이는 답답했다. 은형이 마음을 위로할 말을 찾고 싶었다. 스스로 상상력이 많은 아이라고 자부했지만 이런 땐 뭐라고 해야 하나 갑갑했다. 아직 말이 덜 무르익은 게 맞았다. 은형이 마음을 위로할 잘 익은 말이 분명 있을 텐데. 은형이 상처를 다독여 줄 위로의 말이 있을 텐데. 잘 익은 말. 햇빛 아래 영글다가 어느 순간 쩍 벌어져 새빨간 알맹이를 내보이는 여주처럼 내 말도 그럴 수 있다면 좋을 텐데.

"풀어."

네 직선으로 둘러싸인 도형의 넓이가 $84cm^2$일 때 양수 p의 값을 구하시오. ($x = p, x - 4p = 0, y = -3, y - 4 = 0$) 우리 열다섯 인생도 이렇게 지시적이고 구체화된 방정식을 닮았다면 좋을 텐데. 적어도 '4cm'와 같은 답 하나는 얻을 수 있을 테니까.

"보리밥 먹자!"

계단 아래서 엄마가 저녁을 먹자고 알렸다.

태풍이 지나간 뒤 기온이 폭발하듯 올라갔다. 열대야 현상으로 이웃집 개들까지 잠들지 못한 채 컹컹대는 8월이었다. 폭염 속에서도 삼백이 일과는 한결같았다. 해 질 녘이면 마치 제 집 찾아들 듯 은형이네 담장 위로 돌아와 몸을 쉬었다.

"삼백이 말이야. 정말로 삼백 살일까?"

은형이가 창문 너머 담장을 내다보며 물었다.

"권오복 할머니가 그러던데? 고양이도 기린처럼 오래 산대."

"기린……."

은형이가 잠깐 말을 끊었다. 두 사람의 꿈길에 등장하는 기린을 혹시 기억하는 것일까. 선웅이는 조심스럽게 은형이를 살폈다.

"사바나의 기린."

"권오복 할머니가 말한 기린은 그 기린이 아닐 거야. 전설속의 기린이겠지. 용의 머리에 사슴의 몸, 소의 꼬리와 말과 같은 발굽, 그리고 갈기. 성인이 세상에 태어날 때마다 나타난다는 동물이잖아."

"우아, 누나 그걸 어떻게 알아?"

은형이는 희미하게 웃었다.

"문득 궁금해서. 기린이란 동물이."

선웅이를 물끄러미 바라보는 은형이. 선웅이는 그 시선이 부끄러워 얼굴이 달아올랐다.

"사바나의 기린도 전설 속의 기린처럼 그래. 다른 동물과 함부로 싸우지 않고 조심스럽고 인정 많고."

"너처럼?"

선웅이는 흠칫 놀랐다. 너처럼!

"누나, 혹시."

"풀어."

은형이가 수학 문제를 내 주곤 창가로 돌아섰다. 개학이 며칠 남지 않은 때였다.

"여기선 우리 집이 이렇게 보이네."

은형이는 담장보다 지붕이 낮은 집을 내려다보며 복숭아를 먹었다. 선웅이는 천천히 수학 문제를 풀었다. 은형이에게 복숭아 먹을 시간을 충분히 주기 위해서였다. 은형이는 딱딱한 복숭아를 아무 감정 없이 깨물어 먹었다. 아작아작, 아작아작. 선웅이도 왼손으로 복숭아를 들고 먹었다.

아작아작! 아작아작!

아작아작! 아작아작!

은형이가 복숭아를 깨물고 씹는 소리에 맞춰 선웅이도 복숭아를 깨물고 씹었다. 아작아작, 아작아작. 빠르지도 않고 느리지도 않게. 고요하고도 차분하게. 아작아작, 아작아작.

"다 풀었니?"

복숭아를 다 먹고 은형이가 돌아보았다. 선웅이는 놀라서 복숭아를 와락 깨물었다. 복숭아씨에 부딪친 앞니가 얼얼했다. 앞니가 부러진 것 같아서 잡고 흔들어 보니 멀쩡했다.

"풀었어."

은형이가 다가와 앉았다. 복숭아 향기가 났다. 은형이는 복숭아씨를 쟁반에 놓았다. 살점 하나 없이 깨끗한 복숭아씨. 복숭아씨에 부딪친 선웅이 앞니는 여전히 얼얼했다.

"다시 생각해 봐. 여기서부터."

은형이가 수학 문제를 풀어 나갔다. 선웅이는 자꾸 복숭아씨를 쳐다보았다. 그리고 은형이를 보았다. 수학 문제를 풀고 은형이가 물었다.

"이해됐니?"

선웅이는 눈을 마주치지 못하고 고개만 끄덕였다.

"다시 풀어 봐."

은형이가 문제 하나를 더 냈다. 그리고 다시 복숭아를 들고 창가에 섰다. 아작아작, 은형이가 복숭아를 먹는 소리. 아직도 얼얼하게 아픈 선웅이 앞니. 문득 선웅이는 깨달았다. 내 꿈은 복숭아씨가 되는 거야! 꼭 복숭아씨가 돼야지! 열렬하게 바라는 동화 작가보다도 복숭아씨가 되는 게 먼저였다.

"이번 건 잘 풀었어."

뻐꾸기시계가 6시를 알렸다. 은형이와 헤어지는 시간이었다.

"누나, 이거."

선웅이는 눈을 내리깐 채 껍질을 깎지 않은 복숭아를 내밀었다. 은형이가 복숭아를 받았다. 은형이는 방을 나가려다 생각난 듯 창가로 향했다.

"우리 집 담장에 언제 저렇게 장미꽃이 많이 피었지?"

"한참 됐는데."

"어울리지 않아. 우리 집에는. 그냥 불난 것 같아."

은형이는 붉은 장미꽃으로 출렁이는 담장을 내려다보며 힘주어 복숭아를 깨물었다. 아작.

"너…… 불 질러 본 적 있어?"

은형이가 선웅이를 돌아보았다. 선웅이는 뜨끔해서 고개를 저었다.

"누가 불 지르는 걸 본 적은?"

꿀꺽, 침 넘기는 소리가 너무 컸나? 선웅이는 세차게 고개를 저었다. 창밖으로 눈을 돌리는 은형이. 아작, 복숭아 깨무는 소리.

"넌 여기 앉아서 무슨 생각을 하니? 아무 걱정도 없는 이곳에 앉아서."

오로지 누나 생각만 해. 그러다 난 기린이 됐는걸. 누나를 지켜보느라 세상에서 가장 목이 긴. 벌써 복숭아를 두 개나 먹었으면서 아작, 복숭아를 깨무는 은형이.

"넌 뭐가 될 거니?"

은형이는 창밖을 본 채 물었다.

"나중에 말이야."

"복숭아씨."

선웅이는 방금 전까지 생각하고 있던 말을 툭 꺼냈다.

"뭐라고?"

"복숭아씨."

은형이가 빤히 선웅이를 바라보다 방을 나갔다. 이상한 놈이라고 여겨도 그 말은 진심이었다. 복숭아씨에 앞니를 부딪쳤을 때 깨달은 꿈이었다. 복숭아씨로 태어나는 것. 착하게 살다가 넌 무엇이 되고 싶냐고 어떤 신이 물어보면 꼭 복숭아씨로 태어나게 해 달라고 비는 것.

"누나, 내일 만나."

그때도 은형이 누나는 어디선가 복숭아를 먹고 있겠지. 맛나게 먹다가 나처럼 한 번은 복숭아씨에 앞니를 부딪칠 거야. 바윗돌 같은 복숭아씨에 앞니를 부딪치고 정신이 퍼뜩 나는 때가 있을 거야. 그 순간 날 기억하지 않을까? 아, 맞다! 복숭아씨가 꿈이라고 했던 아이가 있었어! 누나의 영혼이 활짝 열리며 전생에 내가 했던 말을 떠올릴 거고 또 나도 떠올리겠지. 그 순간이 오래가지 않아도 좋아. 손톱 길이만 한 순간이어도 좋아. 날 떠올려 주기만 한다면. 그래, 착하게 살다가 하늘에 빌어야지. 이다음에 꼭 복숭아씨로 태어나게 해 달라고.

'세상일이란 게 계획대로 안 되는 게 많다고 들었다. 그 이유를 알겠다. 이렇게 계획하지 않은 일들이 뜻밖에 이루어지기

때문이다. 그래야 세상은 공평해지고 평행을 이룬 채 돌아갈 테니까.'

선웅이는 이런 자기의 생각이 꼭 긍정적인 방향으로만 흘러가지 않는다는 사실을 개학 날 저녁에 깨달았다.

"은형이, 과외 끝났냐? 은형아!"

술에 취한 원중선 아저씨가 아래층에서 은형이를 불렀다. 선웅이는 불안한 눈으로 은형이를 보았다. 은형이는 굳은 표정으로 수학책을 넘겼다.

"왜 말도 없이 남의 집에 불쑥 들어오고 그래요?"

선웅이 엄마의 소리도 들리고.

"아, 대문이 활짝 열려 있는데 들어와야지 그럼. 지나가던 개도 아니고 옆집 사는 이웃인데."

원중선 아저씨의 소리도 들렸다.

"아휴, 술 냄새. 원 씨, 우선 집으로 가요. 진따나 아줌마 지금 없어요. 장보러 갔으니까."

"은형이 때문에 왔어요. 우리 은형이 오늘 과외 한 달 치 끝나는 날이죠?"

"그런데요?"

"그런데라뇨? 우리 애를 거저 부려 먹는 건 아닐 테고. 오늘이 과외 시작한 지 딱 한 달째 되는 날이니까."

"그러니까요."

"그러니까는 무슨. 과외를 받았으면 과외비를 내야 한다, 그 소리지."

카악. 원중선 아저씨가 잔디밭에 침을 뱉는 소리가 났다.

"남의 집 마당에다 함부로 침 뱉지 말아요. 이게 무슨 교양 없는 짓이에요? 과외비는 진따나 아줌마한테 주기로 했으니까 걱정 말아요."

"그걸 왜 그 여편네한테 줘요? 애비한테 줘야지."

"아무튼 진따나 아줌마랑 그렇게 말이 된 거니까 원 씨한테는 못 줘요. 가 봐요."

원중선 아저씨가 옆에 선 나무를 위협적으로 걷어찼다.

"거 이상한 분이네. 그러니까 뭐야. 한마디로 내 돈을 떼어먹겠다?"

"떼어먹다니…… 세상에. 못 들었어요? 과외비는 진따나 아줌마한테 주기로 했다고? 그리고 그게 어째서 원 씨 돈이에요? 은형이가 과외해서 번 돈이지."

"제깟 년이 벌어 봐야 얼마나 번다고. 하루살이 똥만큼도 안 되는 거. 내가 벌어다 먹여 주고 입혀 준 돈에 비하면."

은형이는 여전히 수학책에 시선을 둔 채 움직이지 않았다. 선웅이는 물을 떠오겠다는 핑계로 슬그머니 계단을 내려갔다.

"은형이 아버지."

진따나 아주머니가 장바구니를 들고 대문 안으로 들어왔다.

"아줌마, 원 씨 좀 데리고 나가요. 과외비를 내놓으라고 생떼를 쓰는데 아주 미치겠네."

진따나 아주머니가 미안하다고 허리를 숙이며 원중선 아저씨를 잡아끌었다.

"은형이 아버지, 집으로 가요."

"예라, 이 못된."

진따나 아주머니는 원중선 아저씨가 휘두르는 주먹에 맞고 잔디밭으로 쓰러졌다.

"아저씨!"

선웅이가 맨발로 달려가 진따나 아주머니를 일으켜 세웠다.

"네가 나한테 돈 주지 말라고 했다며? 너랑 은형이 년 둘이서 그 돈을 꿰찰 생각이었냐? 나 몰래 너희들 둘이서 짜고 칠 생각이었냐고."

원중선 아저씨가 선웅이를 밀어내고 진따나 아주머니의 머리채를 휘어잡았다.

"대체 이게 무슨 짓이에요. 당장 그 손 놓지 못해요!"

진따나 아주머니가 골목으로 끌려 나갔다. 선웅이 엄마가 말려도 소용없었다. 선웅이도 합세해 원중선 아저씨를 떼어 놓으려고 안간힘을 썼다.

"그만해! 그만하라고, 제발!"

은형이가 내려와 원중선 아저씨의 등을 떠밀었다.

"엄마한테 그러지 마! 그러지 말라고!"

그래도 휘어잡은 머리채를 놓지 않자 은형이는 운동화를 벗어서 원중선 아저씨 등을 마구 쳤다.

"이런 버르장머리 없는 년."

원중선 아저씨가 우악스레 은형이 멱살을 잡았다. 다른 손으로 은형이 얼굴을 연거푸 내리쳤다. 선웅이가 그 사이로 끼어들었다.

"하지 마요, 아저씨. 때리지 마요."

은형이 멱살을 놓친 아저씨가 선웅이 뒷덜미를 잡고 화풀이를 했다.

"비켜, 이놈아. 네놈이 뭔데 나서. 어라, 안 비켜."

원중선 아저씨가 선웅이 뒤통수며 등에다 주먹을 날렸다. 선웅이는 곰처럼 버티고 서서 은형이를 지켰다. 선웅이 엄마가 그 모양을 보곤 사람들을 불렀다.

"경찰 불러요. 원 씨가 우리 애를 죽여요. 빨리요."

선웅이는 뒷덜미를 잡힌 채 대문 밖으로 끌려 나갔다. 원중선 아저씨의 주먹이 옆구리에도 들어왔다. 엄마는 한의원 건물을 향해서도 소리쳤다.

"여보, 선웅이 죽어. 빨리 나와. 뭐 하는 거야. 당신 아들이 죽는다니까."

한의원 유리문이 열리고 아버지가 놀란 눈으로 달려왔다. 아버지가 원중선 아저씨 손에서 선웅이를 떼어 놓으려고 했지만 완력을 당해 내지 못했다. 원중선 아저씨의 힘에 밀려 허약한 아버지는 바닥으로 내팽개쳐졌다.

"이 손 놓으라고. 내 아들 놔. 놓으라고."

엄마가 원중선 아저씨의 등을 마구 때렸다. 그사이에 은형이가 선웅이를 끌어내 멀찍이 밀었다.

"못된 년, 지 애비한테 걸핏하면 두 눈 똑바로 뜨고 대들지. 너 이리 와."

원중선 아저씨가 은형이 어깨를 잡았다.

"아버지도 아냐. 아버지도 아니라고. 지긋지긋해. 이렇게 사는 거 정말 거지 발바닥 같아."

은형이 얼굴 위로 원중선 아저씨의 주먹이 떨어졌다. 은형이는 골목 바닥에 가랑잎처럼 떨어졌다. 선웅이가 달려들어 원중선 아저씨를 온몸으로 막았다.

"누나 때리지 마요. 아저씨, 제발 이러지 마세요."

"은형아!"

진따나 아주머니가 은형이 몸을 감싸고 엎드렸다. 원중선 아저씨가 선웅이를 밀어내고 그 위로 달려들었다. 그 순간 원중선 아저씨를 번쩍 들어내는 사람이 있었다. 기수였다. 기수는 원중선 아저씨의 양팔을 뒤로 꺾어 담장에다 밀어붙였다. 두 다리를 툭툭 차서 벌리게 하곤 자기 다리로 움직이지 못하게 했다. 원중선 아저씨는 담장에다 얼굴을 바짝 댄 채 옴짝달싹 못 하게 된 꼴로 악을 썼다.

"기수 이 새끼, 이 손 못 놓냐? 내 손에 죽고 싶으냐?"

원중선 아저씨가 몸부림을 쳤다. 사이렌 소리가 나고 경찰들이 나타났다. 원중선 아저씨는 경찰차가 있는 곳으로 순순히 이동했다.

"아니, 나는 그저 우리 애가 제대로 돈도 못 받고 과외를 하는 것 같아서⋯⋯."

그때서야 한의원 골목에 울리던 괴성이 잦아들었다. 원중선 아저씨는 군소리 없이 경찰차에 올라탔다. 약한 가족 위에 군

림하던 포악함이라곤 찾아볼 수 없는 온순한 모습이었다. 경찰은 진따나 아주머니에게 동행을 요구했지만 은형이 곁에서 일어나지 못했다.

"은형아? 은형아, 엄마 말 들리니?"

은형이가 겨우 눈을 떴다. 코와 입에서 피가 흘렀다. 선웅이 아버지가 은형이를 살폈다.

"우선 한의원으로 데려가서 응급 처치 좀 해야겠어."

선웅이는 은형이를 업으려다 넘어졌다. 은형이가 선웅이를 밀고 일어났다. 선웅이 아버지가 은형이를 부축해 한의원 안으로 들어갔다.

"가 봐요. 은형이는 우리가 돌볼 테니. 암튼 인간도, 인간도…… 저런 못된 인간은 처음 봐."

진따나 아주머니는 걱정스러운 눈으로 경찰차에 탔다. 선웅이 엄마가 두런대며 한의원으로 향했다.

"내가 이럴 줄 알았어. 저 집안하고 붙어 지냈다간 일 날 줄 알았다고."

경찰차 사이렌 소리가 멀어지고 여럿이 엉켜 아우성치던 골목에 덩그러니 정적이 감돌았다.

"어, 어떻게 알고?"

선웅이가 기수에게 물었다. 기수는 대수로운 일이 아니라는 표정을 지었다.

"할아버지한테 가던 길에."

"꽃밥집?"

기수는 재래시장 골목 끝에 있는 집에서 꽃밥집으로 가던 길이었다. 선웅이는 은형이네 집을 지켜보며 때때로 기수가 한의원 골목으로 오가는 것을 보고 있었다. 학교와 집, 꽃밥집과 집을 오갈 때 기수는 종종 이 골목을 이용했다. 단 열 걸음 만에 한의원 골목을 지나가는 것 같았다. 기린처럼 길쭉한 다리로 시원시원하게, 당당한 어깨로.

"들어가 봐라. 간다."

기수는 한의원 쪽을 힐끗 보곤 돌아섰다. 아무 일 없었던 것처럼 주머니에 양손을 찔러 넣고 멀어졌다.

은형이는 한의원에서 한 시간 만에 눈을 떴다.

"우리 엄마는?"

"집에. 그러니까 우리 집에……."

그 말을 하며 선웅이는 미안했다. 그 난리를 겪고도 진따나 아주머니가 자기 집 주방에서 저녁을 짓고 있다는 사실이 미안하기만 했다.

"아버지가 오늘은 그냥 집에 가셔서 쉬랬는데 아줌마가 괜찮다고…… 엄마도 그냥 가라고 했는데 아줌마가 또 괜찮다고……."

은형이는 저녁 어스름이 내리는 한의원 밖을 내다볼 뿐 말이 없었다. 슬픔을 억누른 얼굴이었다. 선웅이는 무슨 말이든 해야겠다고 생각했다.

"누나, 과외비…… 아저씨가 안 가져갔어. 누나한테 줄게."

은형이가 매서운 눈으로 선웅이를 쏘아보았다.

"네가 뭔데."

"그러니까 내 말은 엄마한테 말해서……."

"재수 없어."

은형이는 벌떡 일어나 운동화를 찾았다.

"아줌마가 집에다 갖다 놨대. 그 슬리퍼 신지?"

은형이는 한의원에 오는 사람들이 신는 슬리퍼를 신지 않았다. 맨발로 한의원을 나섰다. 선웅이는 슬리퍼를 들고 은형이 뒤를 따라 나갔다. 골목에 가로등 불빛이 환했다.

"누나, 오늘 저녁은 우리 집에서 먹으랬어. 엄마가."

은형이가 싸늘한 표정을 지었다.

"너 같으면…… 아무 일도 없었던 것처럼 그럴 수 있어? 코피 터지고 입술 터진 꼴 다 보이고도 밥까지 얻어먹으라고?"

선웅이는 은형이랑 눈을 마주치지 못했다.

"그래도 저녁때니까…… 배가 고프니까……."

은형이는 회색 대문 앞에 서서 선웅이를 향해 외쳤다.

"네가 뭔데! 네가 뭔데 내가 배고픈 것까지 참견이야. 네가 뭔데 내 자존심 같은 건 밥보다 못하다고 여기는 건데. 네가 뭔데!"

선웅이는 땅바닥만 내려다보면서 우물쭈물했다. 삐죽, 눈물이 솟았다. 은형이 맨발이 선웅이 맘을 아프게 했다.

'나는 있지, 누나. 누나의 맨발을 위해서라면 지렁이도 될 수 있어. 이 세상 흙들을 전부 먹었다 뱉어 낼 수도 있어. 부드

러운 흙이 되라고, 기름진 흙이 되라고, 그래서 누나의 맨발을
따뜻하게 받쳐 주라고. 거친 흙을 살진 흙으로 먹었다 내뱉는
일을 백 년도 할 수 있어. 나는 그래, 누나.'

은형이는 차갑게 던졌다.

"너도 똑같아. 나를 경멸하는 인간들이랑. 넌 보상받고 싶었
던 것뿐이야. 아무도 널 가까이 하지 않으니까 나한테라도 붙
어서 인정받고 싶었겠지. 그래, 나도 쓸모가 있네? 이런 인생
에 비하면 쓸모가 있는 인간이네, 하면서."

"아니야, 누나."

은형이는 회색 대문을 소리 나게 닫고 들어갔다.

"그런 거 아니야. 나는."

선웅이는 우두커니 서서 회색 대문을 바라보았다. 목이 아
팠다. 기린처럼 길어지는 목. 은형이를 향해 외치고 싶은데.
기린은 왜 소리 내 울지 않는 걸까. 아니라고. 그게 아니라고.
사람과 똑같은 일곱 개의 목뼈를 갖고 있으면서도 왜 기린은
소리치지 못하는 걸까.

"진따나 아줌마, 그런 인간하고 더 살아서는 안 돼요. 은형
이를 생각해서라도 결단을 내려야지."

선웅이는 식탁에 앉아서도 침울했다. 저녁밥을 먹고 싶지
않았다. 진따나 아주머니는 한쪽 눈이 퍼렇게 멍들어 있었다.

"포악한 짐승 같아, 아주."

"그게 다 술 때문이에요."

"술 핑계 대지 마! 그런 소리를 하니까 저런 인간들이 자기

잘못을 인정 안 하는 거라고. 지금이 어떤 세상인데 술 핑계야? 말 같지도 않은 소리 하고 있어."

아버지는 진따나 아주머니 편을 들려다 엄마에게 모진 소리를 들었다. 선웅이는 진따나 아주머니의 눈치를 살피며 그릇에다 보리밥을 담았다. 열무김치랑 고추장을 올렸다.

"올라가서 먹을래."

창가에 앉아 담장보다 낮은 은형이네 집을 보며 밥을 비볐다. 잘 익은 열무김치에다 참기름을 두른 보리밥을 썩썩 비볐다. 누나는 밥을 먹었을까? 원중선 아저씨는 아침이 되면 아무 일 없는 것처럼 저 집으로 또 돌아오겠지? 선웅이는 보리밥을 한 숟가락 퍼서 먹으려다 울컥했다.

슬픔이란 게 있다면 이런 빛일까. 새빨갛게 물든 밥알들이, 순전히 누군가의 한 끼가 되기 위해 몸빛을 바꾼 그 밥알들의 붉은빛이 슬펐다. 밥은 밥답기 위해서 밥다운 노릇을 하는데 나는……. 선웅이는 숟가락을 내렸다. 뚜루룩. 붉은 보리밥 위로 눈물방울이 떨어졌다.

6.
같은
시선

가을 태풍이 한 차례 지나갔고 보름 만에 또 다른 태풍이 태평양에서 발생해 한반도로 접근 중이었다. 뉴스마다 9월 중순즈음 한반도에 영향을 끼칠 태풍 소식을 다루었다. 샘물 공원에 늘어선 이팝나무와 산사나무 사이로 태풍이 몰고 올라오는 바람이 휘젓고 다녔다. 배롱나무 붉은 꽃잎들이 후두둑후두둑 날렸다. 선웅이는 산사나무 아래에 앉아 책을 보는 은형이를 향해 걸었다.

　은형이와 겨울 방학까지 공부하기로 했던 계획은 물거품처럼 날아갔다. 매번 그래 왔듯 원중선 아저씨는 아무런 처벌도 받지 않고 집으로 돌아왔다. 진따나 아주머니는 그래도 자식에겐 아버지가 필요하다는 이유로 처벌을 원하지 않았다. 은형이는 하교 후 샘물 공원에서 어두워지길 기다렸다가 귀가하는 일상을 반복했다. 은형이 일상을 지켜보며 귀갓길을 뒤따르는 선웅이 시간도 한결같았다.

은형이는 여느 때처럼 가로등 불이 들어올 때까지 책을 읽었다. 유발 하라리의 『사피엔스』였다. 개학하면서부터 도서관에서 빌려 읽고 있었다. 총 페이지가 600쪽이 넘는 두께도 두께지만 유발 하라리란 인물이 대학에서 강의하던 내용을 엮은 것이라는데 그것을 정독하는 은형이의 지적 수용 능력과 끈기가 경이로웠다. 선웅이는 은형이 옆에서 시간도 보낼 겸 그 책을 빌려 읽다가 이튿날 바로 반납했다. 인류가 맞이했다는 거대한 세 번의 전환점이란 것이 배화동 배화로 360번길에서 살고 있는 선웅이의 열다섯 인생과 어떻게 연결된다는 것인지 어려웠다. 7만 년 전의 인지 혁명과 1만 년 전의 농업 혁명, 5백년 전의 과학 혁명보다 불과 보름 전 깨져 버린 꿈 하나가 선웅이 인생에 더 큰 파장을 불러일으키는 사건이었다.

넌 뭐가 될 거니? 수학 문제를 풀다가 은형이가 물었던 말에 복숭아씨라고 말했던 꿈 하나. 4년 내내 서로 나눈 말들을 다 합쳐도 백 마디가 채 안 되는 관계가 마침내 겨울 방학까지 적어도 600쪽 분량의 대화는 가능한 사이로 나아갈 수 있었는데. 그 기대가 깨져 버린 사건이야말로 그 어떤 역사적 사건보다 충격이 큰 것이었다. 은형이는 다시 말문을 닫았고 선웅이는 말을 건네는 법을 잃었다.

비질하는 소리가 들렸다. 이복규 할아버지가 배롱나무에서 떨어진 붉은 꽃잎을 쓸고 있었다. 은형이가 자리에서 일어나 고개를 숙였다. 선웅이도 일어났다. 이복규 할아버지는 앉으란 손짓을 해 보이곤 부지런히 나무 의자 주위를 쓸었다. 물걸레질 다음엔 마른걸레로 나무 의자를 깨끗하게 닦았다. 헛기침 소리와 함께 황인백 아저씨가 다가왔다. 이복규 할아버지는 뒤로 물러났다. 황인백 아저씨는 떫은 감이라도 문 표정으로 말했다.

"무엇 때문에 이런 호의를 베푸시는 건지 모르겠습니다만 참으로 거북하군요."

황인백 아저씨는 이복규 할아버지가 닦아 놓은 의자를 못마땅한 눈으로 쳐다보았다.

"혹시 저한테 하실 말씀이라도 따로 있으신 겁니까?"

이복규 할아버지가 기다렸다는 듯 다가섰다.

"화가 선생, 나 좀 그려 주시오."

황인백 아저씨는 의아한 눈으로 물었다.

"그 말씀이 뭐가 어렵다고."

"그게 좀 사정이 있어서."

"무슨 말씀이신지?"

"내 얼굴을 좀 그리고 싶은데."

황인백 아저씨는 화첩을 펼쳤다. 이복규 할아버지는 당황해서 말을 줄였다.

"그게 좀……."

빤히 이복규 할아버지를 바라보는 황인백 아저씨.

"내가 남기고 싶은 얼굴은 내 나이 스무 살 때 얼굴이라오."

은형이는 더 이상 책을 넘기지 않았다. 선웅이처럼 이복규 할아버지의 이야기에 귀를 기울였다.

"그 얼굴을 영정사진으로 쓰고 싶은 게 내 원이라오."

"가능하면 젊으셨을 때 얼굴을 그려 보도록 하지요."

"그런데 그게 쉽지는 않을 거요. 나조차 내 스무 살 때 얼굴이 가물가물하거든. 화가 선생이라면…… 어쩌면 그 얼굴을 되살려 낼 수 있을지도 모르겠다는 생각을 했소."

"어렵군요. 도무지 무슨 말씀을 하시는 건지."

"내 얼굴을 이미 오래전에 잃어버렸단 뜻이오."

이복규 할아버지가 천천히 모자를 벗었다. 머리숱 하나 없는 두상이 드러났다. 바람 빠진 공처럼 살갗이 쭈글쭈글한 머리였다. 안경을 벗고 마스크를 벗었다. 순간 황인백 아저씨가 엇 소리를 내며 일어섰다. 선웅이는 뒷모습을 보고 있었기 때문에 황인백 아저씨가 놀라는 이유를 그때까지 알 수 없었다.

"놀라셨을 거요."

황인백 아저씨는 벌레라도 본 얼굴이었다.

"스무 살 때 남한으로 오는 피난길에 지뢰를 밟았지. 앞으로 넘어졌는데 하필 지뢰에다 코를 박았어. 그때 내 얼굴이 모두 날아갔지. 하늘도 무심해. 가져가려거든 내 목숨까지 가져가지. 살가죽만 가져갔어."

이복규 할아버지 어깨 위로 붉은 배롱나무 꽃잎이 툭툭 떨어졌다.

"부탁이니 나 좀 그려 주시오. 내 스무 살 때 얼굴을 그려 줘요. 돈은 내리다."

황인백 아저씨는 난감한 기색이었다. 고요한 공간에 갑자기 시끄러운 변성기 소리가 울렸다.

"뭐야, 괴물이잖아!"

이호 녀석들이 이복규 할아버지 주위를 에워쌌다.

"야, 너네들은 알고 있었어? 기수네 할아버지가 이런 거?"

이호 녀석이 선웅이와 은형이를 보고 소리 질렀다. 예의란 눈곱만큼도 없는 녀석. 황인백 아저씨가 자리를 접고 일어났다.

"화가 양반, 여기서 그리기 뭣하면 내가 화실로 가리다. 제발 나 좀 그려 주시오."

"어르신, 그건 어렵습니다. 지금 어르신 얼굴을 보고 어떻게 그때의 얼굴을 그려 낼 수 있겠습니까. 다른 사람을 찾아보시지요."

"모두들 그렇게 말했소. 다른 사람을 찾아보라고. 하지만 내겐 더 시간이 없어요. 내 얼굴을 그려 줘요. 부탁이오."

"죄송합니다."

이복규 할아버지는 애처로울 정도로 매달렸다.

"화가 양반, 내 부탁 좀 들어줘요. 제발."

"이거 놓으십시오. 그만 가 봐야겠습니다."

"부탁이오."

"대체 왜 이러십니까? 다른 사람을 찾아보시라니까요."

황인백 아저씨가 손을 뿌리친다는 것이 너무 힘을 준 모양이었다. 이복규 할아버지가 바닥으로 넘어졌다. 은형이와 선웅이가 동시에 일어났다.

"이보, 화가 양반. 화가 양반."

이복규 할아버지는 넘어져서도 황인백 아저씨의 바짓가랑이를 잡았다. 황인백 아저씨는 매몰차게 그 손을 물리치고 자리를 떠났다.

"할아버지, 일어나세요."

이복규 할아버지는 주저앉은 채 흐느꼈다. 선웅이는 그때서야 이복규 할아버지의 얼굴을 볼 수 있었다. 이 하나 없는, 아니 입술 모양조차 없는 텅 빈 입으로 우는 이복규 할아버지. 눈썹은커녕 눈두덩조차 보이지 않는 얼굴은 흡사 달걀귀신의 형상 같았다. 오른쪽 눈은 함몰이 돼서 아예 광대뼈와 살이 붙었고 지렁이처럼 얇은 왼쪽 눈꺼풀 너머에 눈동자 하나가 있었다. 콧대도 없는 콧구멍 두 개가 하늘을 향해 있고. 양쪽 귀는 아예 떨어져 나가고 없었다.

"에이, 씨. 징그러워. 사람 얼굴 맞냐?"

이호 녀석이 두런대는 소리에 선웅이 목소리가 커졌다.

"다들 비켜. 무슨 구경났냐?"

"이 뚱뚱한 새끼가."

선웅이는 이복규 할아버지를 들쳐 업었다. 은형이가 선웅이를 부축했다.

"할아버지? 할아버지?"

이복규 할아버지는 대답이 없었다. 은형이가 이복규 할아버지의 모자와 마스크 같은 것을 챙겨 따라오며 물었다.

"어디로 갈 거니?"

"아버지한테. 우리 아버지한테."

나는 사바나의 기린. 평화로운 목초지에서 풀이나 뜯던 때와 달랐다. 기린이 맹렬한 기세로 목초지를 달릴 때를 보라지. 그 건강한 다리가 대지를 박차며 앞으로 나아갈 때의 위엄 있고 강한 힘. 아카시아 나무 숲을 벗어나 선인장을 건너뛰어 바오밥나무 그늘을 지나 붉은 흙을 두드리며 나아가는 기린. 사자도 뒤로 물러서고 아프리카 사냥개도 눈알만 굴리고 독수리와 송골매는 자리를 피하고 원숭이와 치타는 나무 위로 올라가 딴청을 부릴 만큼 거침없는 기린. 선웅이는 그 모습의 기린이 되어 한의원 골목으로 달렸다.

꽃밥집으로 가던 기수가 놀란 눈으로 뛰어왔다. 은형이가 태양당 한의원 유리문을 밀었다. 선웅이 아버지가 사태를 파악하고 진료실로 이끌었다. 이복규 할아버지를 내려놓은 뒤에야 선웅이는 자신의 초인적인 힘을 깨달았다. 열다섯 인생을 살며 누군가를 업고 그렇게 뛰어 본 일은 그날이 처음이었다. 늘 과체중으로 살며 자기 몸 하나 지탱하고 걸어 다니기도 어려워하며 살았다. 열 걸음만 걸어도 숨이 차 주저앉아야 하는 몸이었다. 그런데.

"누가 할아버지 얼굴을 좋아한다고 얼굴을 까, 까긴."

기수의 화난 소리가 들렸다. 이복규 할아버지가 깨어난 모양이었다. 진료실로 들어가려던 선웅이는 의자 위로 털퍼덕 앉았다. 거친 숨이 쏟아졌다. 두 다리가 후들거렸다. 이미 온몸은 땀에 젖어 있었다. 얼굴도 붉게 달아올랐다. 긴장이 풀리며 힘이 쑥 빠졌다.

"물 마셔."

은형이가 물을 따라와 건넸다. 선웅이는 금붕어처럼 물을 들이켰다. 컵을 들고 있는 손이 부르르 떨렸다. 기수가 거친 파도처럼 진료실 밖으로 나왔다. 눈매가 사나웠다.

"황인백 아저씨냐?"

선웅이와 은형이는 우물쭈물했다.

"등신아, 묻잖아!"

선웅이는 그 위세에 눌려 고개를 끄덕였다. 기수는 그대로 한의원을 나갔다. 그처럼 감정이 동요된 기수의 모습은 처음이었다.

"따라갈까?"

은형이 말에 선웅이가 벌떡 일어났다. 기수는 한의원 골목 끝을 돌아가고 있었다. 두 사람은 기수를 쫓아 달렸다. 바람이 거세어지고 있었다. 간간이 빗방울도 떨어졌다. 은행나무 가로수 아래를 성큼성큼 걸어가는 기수를 따라가느라 선웅이는 숨이 턱에 차 헉헉댔다. 기수가 황인백 화실 앞에서 버티고 섰다. 은형이가 놀라 소리쳤다.

"벽돌을 들었어!"

화실 유리창을 향해 기수의 팔이 번쩍 올라갔다.

"누구나 대화를 하지만!"

선웅이가 외친 소리에 기수가 멈칫했다. 선웅이는 거친 숨을 몰아쉬며 말했다.

"그렇다고 누구나 그 대화에 찬성하는 건 아냐!"

과체중인 몸으로 뛰어오느라 호흡이 가빴다. 온몸의 근육들이 뒤틀려 금방이라도 쓰러질 것 같았다.

"그건 화가 아저씨의 결정권이니까."

기수의 얼굴이 일그러졌다.

"결정권? 이게 내 결정권이야."

기수의 팔이 더 뒤로 젖혀졌다.

"너는 그 대화의 상대자가 아니잖아. 아무리 화가 나도 넌 제삼자니까."

"어쩌라고, 등신아!"

"그러지 말라고. 너네 할아버지도 이런 거 절대 원하지 않을 테니까."

한동안 화실 유리문을 노려보던 기수의 팔이 내려왔다. 은형이가 다가가 기수의 손에서 벽돌을 건네받았다. 털퍼덕, 선웅이는 다리 힘이 풀려 바닥으로 앉았다. 참고 있던 가쁜 숨을 토해 내느라 주먹으로 가슴을 쳤다. 기침도 쏟아졌다.

"괜찮니?"

은형이가 다가와 선웅이 등을 두드렸다. 선웅이는 고개를 끄덕였다. 가쁜 숨을 몰아쉬며 기침을 쏟느라 침도 흥건하게 흘렸다. 선웅이는 주먹으로 입가의 침을 닦았다. 기수가 그런 모습을 건너다보다 내뱉었다.

"가!"

선웅이는 알아들었다. 그만 가도 좋다고, 네가 걱정할 일 없을 테니까 그만 가도 된다는 말. 기수가 먼저 돌아서서 갔다. 기수가 꽃밥집으로 꺾어지는 골목 끝에서 점이 될 때까지 두 사람은 말없이 지켜보았다. 은형이가 선웅이를 부축해 일어났다.

"알라딘 사진관에 증명사진 찍으러 갔던 날 말이야."

은형이가 한의원 골목을 걸으며 말했다.

"기수네 할아버지가 영정사진을 찍고 있더라. 그때 처음 봤어. 할아버지의 얼굴. 알라딘 아저씨는 할아버지의 맨 얼굴을 그냥 찍을 수 없다고 했어. 사진이 제대로 나올 리 없다고. 할아버지 머리에 가발을 씌우더라. 눈썹을 그리고 콧대도 그리고 립스틱을 가져다 입술도 그렸어. 귀는 뭘로 붙일까, 사진관을 돌아다녔어."

그날 상처를 받은 사람은 은형이만이 아니었다.

"기수네 할아버지가 조용히 일어나시더라. 가발도 벗고 콧대랑 입술도 지우고. 조용히 말씀하셨어. 아무리 봐도 이건 내 얼굴이 아니라고. 허수아비 얼굴이라고."

은형이는 회색 대문 앞에서 중얼거리듯 말했다.

"누구나 상처는 하나씩 있는데 그걸 상처라고 여기지 않는 사람들이 있어서 세상이 조금씩 슬픈가 봐."

은형이가 선웅이를 향해 돌아섰다.

"너 말이야. 우리 반 아이들 중 어느 누구도 널 은따라고 말하지 않거든? 혹시 넌."

혹시 넌? 선웅이는 침을 꿀꺽 삼켰다.

"너 스스로 은따가 되고 있는 건 아니니?"

선웅이는 정수리에 불똥을 맞는 느낌이었다. 누구도 눈치채지 못했던 선웅이의 내면을 은형이는 읽고 있었다.

"널 볼 때마다 그런 생각을 했어. 스스로 고립시키고 있구나. 관계 맺기에 두려워하면서."

바람이 골목을 휩쓸었다. 담장 위의 장미꽃이 넝쿨째 흔들렸다. 삼백이 발자국 소리. 가뿐하게 담장 위로 올라 자리를 잡았다.

"오늘 같은 너의 모습은 다른 아이들은 모르는 거잖아."

초등학교에 입학한 순간부터 고도 비만아로 분류되어 식단을 지적받고 늘 '돼지'란 소리를 귀에 달고 살아야 했던 선웅이였다. 학년이 높아 갈수록 체중 감량에 대한 주변의 압박이 심해졌고 자신은 다른 아이들과 다르다는 생각에 자존감도 낮아졌다. 집에서야 밝고 쾌활한 아이였지만 학교나 학원에서는 그저 활동성 없는 비만 아동으로 지냈다. 은형이 말대로 어느 순간부턴가 다른 친구들과의 관계 맺기에 겁을 내고 있었다. 그무리 속에 속할 수 없다고 거부를 당하느니 차라리 처음부터혼자 지내는 게 낫다는 결론을 내렸다. 은형이는 그런 선웅이속마음을 정확히 짚어 내고 있었다.

"누, 누나는?"

선웅이가 더듬더듬 묻자 은형이는 소리 없이 웃었다.

"나도 그래. 미리 두려워하고 미리 겁내면서 다가서지 않아. 나와 같은 까만 튀기는 좋아하지 않을 거라고 미리 단정해. 다가섰다가 거부당하느니 미리 물러나 있는 거지. 그런 경험이 많으니까."

처음으로 듣는 은형이 속마음이었다. 선웅이 마음이 환하게 열렸다. 은형이와 자기가 같은 시선으로 살고 있다는 사실이 놀랍고 기뻤다. 은형이의 진심은 곧 선웅이에 대한 동조였다. 나도 너처럼 살아. 흔하지는 않지만 우리처럼 살아가는 삶의 방식도 있어.

"그래서 널 보면…… 덜 외로워."

은형이는 돌아서서 어둠이 내린 마당을 걸었다. 선웅이는 가슴이 벅찼다.

"누나."

밤하늘을 그으며 빗물이 내렸다. 사바나에도 우기에는 거대한 빗물이 쏟아질 것이다. 마사이족이 사는 마을을 지나 펼쳐지는 들판 위로 두두둑두두둑 빗물이 쏟아지면 누렇게 떠 있던 풀들이 파랗게 싹을 틔울 것이다. 땅속 깊이 씨를 감춰 두었던 열매가 자랄 거고 바삭바삭 말라 가던 아카시아 나무도 울창한 숲으로 변하겠지. 메말랐던 강이나 호수에도 물이 불어 마사이족들이 소와 양을 몰고 나올 것이다. 톰슨가젤과 얼룩말이 점프하듯 뛰고 타조도 날개를 펼치고 빗물을 맞을 것이다. 도마

뱀은 혀를 날름대며 빗물을 맛보겠지. 나는 아카시아 숲의 기린. 타각타각, 신나게 걸으며 새파란 잎사귀를 맛나게 음미하는. 아아, 모든 것이 완전하고 행복한 사바나의 기린.

10월 둘째 주 월요일 아침에 엄마는 진따나 아주머니의 퇴근 시간을 저녁 6시로 조정하자고 통보했다. 선웅이가 은형이랑 샘물 공원에서 있다가 진따나 아주머니 퇴근 시간에 맞추어 들어온다는 사실을 알고 내린 조치였다. 진따나 아주머니는 그만큼 월급이 삭감되는 건 아닐까 불안해했다. 아버지의 중재로 월급은 그대로 유지하기로 했다.

"오늘은 저녁 준비하지 말아요. 샘물 공원에서 행사가 있으니까."

"은형이 어머님도 오실 거죠?"

아버지도 거드는 소리에 선웅이가 조기 살을 발라 먹으며 물었다.

"무슨 행사?"

"우리 지역의 병원장들이 모여서 만든 봉사단 있잖니. 아빠가 회장으로 있는. 거기서 불우 이웃 만찬회를 연단다. 우리 지역의 독거노인, 노숙인, 청소년을 초대해서. 호텔의 조리장들이 특별히 시간을 내서 저녁 만찬을 준비하기로 했어. 은형이도 와서 장학금을 받을 거야."

"그렇구나!"

"우리 봉사단에서 수여하는 첫 번째 장학금 수혜자라 더 의미 있지."

"누나도 알고 있어?"

"알지, 그럼. 벌써 연락 갔는데. 그렇죠, 은형이 어머니?"

식탁으로 생태탕을 내오던 진따나 아주머니가 웃으며 고개를 끄덕였다.

"아버지, 장학금 많이 주지. 고등학교, 대학교 다닐 때까지 쓰게."

"녀석도. 은형이야 지금처럼만 하면 장학금이야 매년 받게 되겠지."

"그럼 권오복 할머니도 오시겠네?"

"물론이지. 이복규 할아버님도 오실 거다. 오늘만큼은 노숙인 분들도 호텔 요리를 맛보게 될 거야."

"굉장히 큰 행사구나."

뜨거운 생태탕 국물을 떠먹느라 잠잠했던 엄마가 참견했다.

"여러 학교 선생님들도 오시는 자리니까 너도 와서 인사 드려. 태양당 한의원 아들 자랑 좀 해야지."

"아이고, 광순이 누나."

"또!"

"연지 누나, 골목 한의원장 아들이 뭐 자랑이라고 인사까지."

"왜 아니야? 구청장님까지 참석하는 행사인데. 더군다나 당신이 이번 만찬회 주관하는 봉사단 회장인데. 자랑할 건 해야지. 뭘 그렇게 겸손을 떨어."

아버지는 손을 훼훼 내저었다.

"너 그럴 것 없다. 오게 되면 일손 부족할 수도 있으니까 사람들 안내해 주는 일이나 하든가."

"은형이 누나 장학금 받을 때 사진 찍어 줘야지. 꽃도 주고."

선웅이는 밥이 입으로 들어가는지 코로 들어가는지 알 수 없었다. 은형이가 기뻐할 것을 생각하니 마음이 들떠서 밥 반 공기를 남기고서도 배가 불렀다.

"아버지, 오늘은 삼백이도 갈비 좀 뜯겠네. 일류 요리사의 갈비."

"삼백이가?"

"거기에 삼백이 캣맘들이 다 모이잖아. 권오복 할머니도. 이복규 할아버지도."

"그렇지. 갈비 좀 뜯겠구나. 삼백이도."

"현 씨 부자, 정말 못 말려."

식탁 위에 흘러넘치는 웃음소리. 왁자하고 좋았다. 이호 녀석이 산통을 깨기 전까지는.

이복규 할아버지의 일을 계기로 은형이와 가깝게 지낸 한 달이었다. 적어도 하루에 최소 30문장 이상은 대화하는 사이가 되었다. 가장 놀라운 변화는 선웅이가 은형이를 따라 함께 버스로 통학을 시작했다는 것이었다.

이복규 할아버지를 업고 태양당 한의원으로 달린 뒤부터 '내 몸도 가능할 것 같은데?'라는 자신감을 얻었다. 적어도 60킬로그램 이상인 이복규 할아버지를 업고 달렸다면 그만큼을 제외한 자기 몸무게야 충분히 이겨 낼 수 있겠다는 생각이었다. 무엇보다 은형이와 서로 같은 시선을 갖고 있다는 공통점을 발견한 사실이 기뻤다.

"버스 왔어. 타자."

"저기가 예전에 우리 가족이 살던 데야. 저 다리 건너."

"학원에 잘 다녀와."

"저기 봐. 저 아이 풍선이 날아갔어."

"황인백 아저씨는 아무렇지도 않은가 봐. 오늘도 덤덤히 그림을 그리네."

"기수네 할아버지는 이제 목요일엔 여기 안 나오시네."

"좀 전에 삼백이 먼저 집으로 가더라?"

"6시야. 집에 가자."

이런 정도의 말을 건네는 은형이였지만 선웅이는 하늘을 날 것만 같았다. 가슴이 뛰어서 잠도 오지 않았다. 두 눈이 말똥말똥한 채 은형이네 집 마당을 지켜보다 새벽잠을 자곤 했다.

학교에서는 여전히 이호 녀석들이 책상을 뒷문에다 끌어다 놓아서 은형이 뒷모습만 보며 수업을 들어야 했다. 그래도 쉬는 시간이나 급식 시간, 체육 시간 등의 이동 시간에 눈이 마주치면 은형이는 더 이상 시선을 피하지 않았다. 선웅이가 웃어 보이거나 손을 들면 은형이도 눈웃음을 지었다. 모든 것이 선웅이를 행복하게 하는 순간들이었다.

"자, 그럼 지금부터 제1회 청소년 나누미 장학금 전달식을 거행하겠습니다."

즐겁고 유쾌한 만찬회 자리였다. 샘물 공원의 연못가를 따라 뷔페 음식이 차려지고 흰 천을 씌운 테이블마다 사람들로 북적였다. 10년 경력의 호텔 조리장의 지휘 아래 수십 가지의 음식이 진열되었고 한쪽에서는 1미터도 넘는 통참치를 해체하는 쇼도 벌어졌다. 만찬회에 초대받은 사람들은 즉석에서 참치 회를 받아 맛볼 수 있었다.

선웅이는 자기가 차린 식탁처럼 신나서 참치 회며 해산물, 고기 요리를 담아 은형이 테이블에 놓아 주었다. 진따나 아주머니와 함께 참석한 은형이도 쑥스러워하기는 했지만 얼굴이 밝았다. 권오복 할머니는 거듭해서 연어나 닭고기 살을 발라 숲 쪽으로 던졌다. 먹이를 받아먹느라 삼백이 머리통이 수풀 속에서 들쑥날쑥했다.

꽃밥집에서 끼니를 해결하는 노숙인들도 즐겁게 음식을 먹었다. 기수는 이복규 할아버지를 따라 거동이 불편한 노숙인이나 독거노인들에게 음식을 날랐다. 선웅이도 휠체어를 밀어 옮겨 주거나 물이나 음료 등 필요한 것을 담아 날랐다.

"오늘 이 자리는 우리 지역 병원장님들의 봉사 단체인 '희망봉'이 경제적으로 어려운 이웃과 따뜻한 정을 나누기 위해 마련한 것입니다. 사회적 봉사를 위해 애써 주시는 병원장 여러분의 노고에 감사를 드립니다. 아울러 이 자리에 함께 해 주신 독거 노인분들, 노숙인분들, 그리고 청소년 여러분께서도 어려운 환경이지만 용기를 잃지 마시고 즐거운 시간 보내시길 바랍니다."

구청장님의 격려사 뒤에 꽃밥집 후원금과 쌀 전달식이 이어
졌다. 이복규 할아버지는 후원금을 받고 담담하게 소감을 전했
다.

"우리 꽃밥집 식구들이 한술이라도 더 잘 먹는 데 쓰도록 하
겠습니다. 감사합니다."

열 명의 청소년 가정에 전달되는 장학금은 은형이가 대표로
받았다. 은형이는 고개만 숙이고 따로 인사말을 하지 않고 자
리로 돌아왔다. 선웅이가 슬그머니 노란 캐모마일을 내밀 때였
다.

"원은형!"

뜬금없이 이호 녀석이 건들대며 나타났다.

"난 다 알고 있었어. 네가 불우한 애들 대표로 장학금 받는
거."

은형이 눈빛이 매서워졌다. 선웅이는 노란 캐모마일을 뒤로
감췄다. 이호 녀석이 내뱉은 말 때문에 축하하는커녕 어색한 긴
장감이 감돌았다.

"나한테도 고맙다고 해야 할 거다."

이호 녀석이 계속 거들먹댔다.

"네가 챙겨 가는 돈 중에 우리 엄마의 후원금이 최고 많거
든."

그 순간 이호 녀석이 악 소리를 내며 주저앉았다.

"어떤 새끼야?"

주먹을 세우고 일어나던 이호 녀석이 움찔했다. 종아리를 걷어찬 인물은 기수였다. 은형이가 굳은 얼굴로 자리에서 일어났다.

"네가 왜 피해. 뭘 잘못했다고."

은형이는 기수의 말에 도로 의자에 앉았다. 기수가 씩씩대는 이호에게 낮게 말했다.

"원은형한테 신경 꺼."

이호 녀석이 개구리처럼 눈을 굴리며 은형이와 기수를 번갈아 보았다.

"너네들 사귀냐?"

소리 없이 기수가 웃었다. 입술 끝만 살짝 비틀고. 싸늘하지만 멋있었다.

"참견 말고!"

이호 녀석이 버티고 서 있자 기수의 눈빛이 예리하게 변했다.

"분명히 말했고. 다음엔 종아리로 안 끝난다. 꺼져."

이호 녀석은 빈 의자 다리를 걷어차고 자리를 떴다.

"기수야, 저기 할머니 물 잔이 비었구나."

기수는 이복규 할아버지가 부르는 곳으로 갔다. 선웅이는 꽃다발을 어떻게 할까 고민했다. 은형이 얼굴빛이 밝지 않았지만 축하해 주고 싶었다. 선웅이는 머뭇대며 노란 캐모마일을 건넸다.

"누나, 이거. 후원금 받는 거 축하해."

은형이가 차가운 눈으로 꽃다발을 쳐다보았다. 선웅이는 눈치를 보면서 쭈뼛쭈뼛 말했다.

"이 꽃말은……."

"그딴 게 뭐가 중요해. 그리고 뭘 축하한다는 건데? 거지같이 사는 애가 장학금 받아 가는 거? 너처럼 잘 사는 집안 사람들의 만족감을 채워 줘서?"

꼬였다. 은형이 마음이 한두 가닥으로 꼬인 게 아니었다.

"누나가 후원금을 받은 건……."

"머저리! 후원금이란 말 싫다고. 장학금이라며? 장학금이라고 준 거잖아! 왜 자꾸 후원금이래! 마치 네가 후원하듯 말하지 말라고."

은형이가 내지른 소리에 주변 사람들의 시선이 쏠렸다. 독거노인들을 수발하고 있던 진따나 아주머니가 놀라 달려왔다. 은형이는 진따나 아주머니의 손길을 뿌리치고 자리를 떠났다. 진따나 아주머니가 선웅이 어깨를 다독이고 은형이 뒤를 따라갔다.

"누나, 그게 아닌데……."

이호 녀석이 잽싸게 찾아와 기수를 턱짓했다.

"쟤네 사귀냐?"

선웅이는 생각했다. 나에게 말보다 주먹이 있었다면 얘를 한 방에 눕히고 싶다! 정말이지 턱이 돌아가도록 후려치고 싶다! 멀리 은형이가 공원 밖으로 나가는 게 보였다.

"돼지 새끼야, 묻잖아. 저것들 사귀냐고?"

그러나 주먹보다 말하는 재주가 더 크니 신중히 대답해야겠지. 은형이를 위해서라면 반대의 대답이 나을 것이다. 그래야 이호 녀석이 은형이를 덜 괴롭힐 테니까. 선웅이는 그렇다고 고개를 끄덕였다. 이호 녀석의 입가가 뒤틀렸다.

"웃기고들 있네."

선웅이는 우울한 마음으로 집으로 돌아왔다. 어느덧 한의원 골목에 노란 가로등 불빛이 들어와 있었다. 노란 캐모마일을 책상 위에 두고 우두커니 창가를 지켰다. 어두운 은형이네 마당에도 노란 가로등 불빛이 한 점 떨어졌다. 그 불빛을 지고 담장 위에 웅크린 삼백이. 미동도 없는 것이 벌써 잠에 들었나.

골목을 지켜보던 선웅이 눈이 커졌다. 가로등 불빛 속으로 은형이와 기수가 나타났다. 선웅이는 커튼 뒤로 몸을 숨겼다. 기수가 회색 대문을 밀어 주었다. 회색 대문 안으로 은형이가 들어갔다. 기수는 한동안 회색 대문 밖에 서 있다가 가로등 불빛 밖으로 멀어졌다.

"쌍화탕."

갑자기 머리가 지끈거리고 아팠다. 두통이 몰려왔다. 팔다리 힘이 쪽 빠지고 이마에서는 열도 났다. 선웅이는 쌍화탕을 들이켰다. 남쪽으로 날아가는 새들의 무리가 보였다. 은형이 누나, 누나랑 내가 얼마만큼 가까운 줄 알아? 저기 날아가는 새들 보이지? 저 새들이 날아왔다 날아가는 수천 리 거리에 비하면 여기서 누나네 집까지 겨우 열 걸음? 누나를 향한 내 마음은 그처럼 가깝지. 하지만 또 누나랑 내가 얼마나 남남인 것도 같으냐면 열 걸음 정도의 가까운 맘조차 전하지 못할 만큼 먼 관계지.

누군가 날린 연이 배화동 하늘을 벗어나지 못하고 맴돌다 창문 밖 전깃줄에 걸려 펄럭였다. 연. 연은 바람을 만나야 비로소 연이 된다. 하지만 그가 일생 동안 바람을 만날 수 있는 때는 몇 번이나 될까. 비와 눈과 쨍쨍한 해를 피해 바람을 타고 저 하늘로 날아오를 수 있는 때는. 연이 되고 싶은 원대로, 날고 싶은 원대로 자유롭게 몸을 날려 보는 때가 몇 번이나 될까. 그나마도 연을 날리는 사람의 흥이 꺾이면 하늘을 두어 번 날아 본 것만으로 바로 휴지통으로 처박히는 신세가 되거나 구석진 방에 던져져 시름시름 늙어 가는데.

그래서 연은 저렇게 연줄을 끊고 날아오르나 보다. 비록 한순간의 비행으로 끝날지언정 연이 되고 싶은 원대로, 날아 보고 싶은 원대로 저 하늘로 가 보자고 벌컥벌컥 바람을 들이마시며 질긴 사슬 끊어 버리듯 뚝 연줄을 끊고 떠나는 모양이다. 연줄 없이도 연이 될 수 있다는 것을, 연줄 없이도 바람과 만날 수 있다는 사실을 깨달은 것이겠지. 눈을 뜬 거야, 비로소. 그러니까 저 전깃줄에 걸려 펄럭이는 연은 그가 바라던 새파란 꿈인 거지.

전깃줄이 웅웅 울었다. 배화동을 떠나지 못하고 집 앞 전깃줄에 걸린 연이 밤새 껄껄껄 웃었다. 연은 시체처럼 전깃줄에 묶여 있지만 그의 영혼은 껄껄거리며 정녕 원하던 데로 날아가고 있을 것이다. 은형이도 그런 자유로운 시간을 찾은 걸까? 칙칙하고 낡은 회색 대문을 열고 자주 골목으로 나오기 시작했다. 샘물 공원 만찬회 이후로 은형이는 기수와 어울려 다녔다. 두 사람은 매일 한의원 골목 가로등 불빛 안으로 함께 들어오고 나갔다.

만찬회 이후로 은형이는 샘물 공원에서 볼 수 없었다. 선웅이가 학원 수업을 마치고 부리나케 달려오면 1시간 정도는 늘 같이 있다가 함께 돌아오곤 했었는데. 진따나 아주머니의 퇴근 시간이 6시로 앞당겨져서일까? 처음에 선웅이는 그렇게 생각하고 은형이가 집에서 시간을 보내려니 했다. 원중선 아저씨가 술을 마시러 나가기 전에 혼자 들어가는 것보다 엄마와 함께 들어가면 나으니까.

그런데 은형이는 기수와 시간을 보내고 있었다. 원중선 아저씨가 해 질 녘 술을 마시러 나가고도 한참 뒤인 밤 8시가 되어서야 집으로 돌아왔다. 기수와 어깨를 나란히 하고 골목 안으로 들어오며 은형이가 웃었다. 소리를 내지 않아도 분명 껄껄거리는 소리가 들렸다. 전깃줄에 걸린 연의 영혼이 내던 웃음소리처럼. 껄껄껄. 선웅이는 우울했다. 두 사람이 걷는 골목길이 온통 자갈밭으로 변했으면 좋겠다는 생각도 했다. 둘이 저렇게 나란히 걸을 수 없게. 사바나의 모래 폭풍도 불었으면 좋겠다는 생각도 했다. 저렇게 둘이 마주 보며 웃을 수 없게.

11월을 이틀 남겨 둔 밤이었다. 선웅이는 으실으실 몸이 추웠다. 침대로 들어가 이불을 뒤집어쓰고 웅크린 채 시간을 쟀다. 6시 반, 눈을 감았다 뜨면, 6시 5분. 5분이 1시간처럼 길었다. 뻐꾸기시계가 8시를 가리킬 때까지 기린이 되어 골목길을 지켰다. 8시 10분 전. 선웅이는 벌떡 일어나 코트를 걸쳤다.

"우리 집 대문 앞에 서 있겠다는데 누가 뭐래."

선웅이는 계단을 뛰어내렸다. 골목길에 서서 은형이네 대문 앞을 지켰다. 발자국 소리가 울리고 귀에 익은 목소리가 들렸다.

"뭐 하냐?"

기수였다. 선웅이는 대꾸 없이 발로 바닥만 찼다. 힐끔, 은형이를 살피면서. 은형이는 선웅이에게 말을 걸지 않았다. 그동안 학교에서도 냉랭한 표정으로 선웅이를 대했던 은형이었다.

"어디 가냐?"

기수가 물었다.

"가, 가게, 가."

대답하고도 우스웠다. '가 가게 가'라니. 앞의 '가'는 더듬는 소리였다. 가운데 '가게'는 우량 슈퍼를 가리키는 거고 뒤의 '가'는 '간다'는 뜻이었다. 그러고도 우물쭈물 서 있으니까 기수가 말했다.

"가. 가게."

거기서 그러고 있지 말고 어서 가게로 가란 뜻. 선웅이는 돌아서서 천천히 걸었다. 신경은 온통 뒤에 있는 두 사람한테 몰려 있었다. 와작! 선웅이 발에 밟혀 깨지는 무엇. 돌멩이가 밟혀 깨지는 소리가 바윗장 깨지는 소리처럼 컸다. 선웅이는 훌쩍 뒤로 돌아섰다.

"어디 갔다 오는데⋯⋯? 두 사람 지금 어디 갔다 오는데?"

선웅이 입 속에서만 맴돌던 소리가 와락 터졌다. 고요한 골목에 천둥소리처럼 울린 외침이었다. 은형이와 기수가 의아한 눈으로 쳐다보았다. 원래 기린은 큰 소리를 내지 않는데. 외롭게 사바나를 서성이며 살더라도 괴성을 내지르며 누군가를 부르지는 않는데. 과묵한 기린도 때로 사바나 땅바닥이 갈라지도록 묻고 싶은 게 있어. 선웅이는 내내 묻고 싶었던 말도 터뜨렸다.

"두 사람 지금 어디 가는데⋯⋯? 어디로 가는데?"

꽃밥집 담장 위에서 삼백이가 아는 척을 했다. 이미 멸치를 얻어먹고 물러난 길인지 입맛을 다셨다. 선웅이는 꽃밥집 안으로 들어갈까 말까 쭈뼛댔다. 저녁 시간 배식을 앞두고 붐빌 때였다.

"내일 6시에 꽃밥집에서 보자."

전날 기수는 그렇게 말했다. 현재 시각 5시 48분. 꽃밥집에는 무슨 일로 오라고 한 걸까? 저녁을 먹으러 온 사람들이 줄을 서기 시작했다. 선웅이는 자리를 비키지 못한 채 사람들 속에 섞여 줄을 서 버렸다. 밥을 먹기 위해 줄을 선 사람들이 선웅이를 힐끔거렸다. 선웅이는 집으로 돌아가야 하나 어쩌나 미적댔다. 기수가 왜 꽃밥집으로 오라고 했는지 이유를 알 수 없었다.

기수가 주방에서 식판을 들고 나왔다. 네 가지 반찬이 큰 통에 담겨 있는 게 보였다. 국 통에서는 뜨거운 김이 솟았다. 이복규 할아버지가 한 사람씩 안으로 들어오게 하고 밥을 퍼 주었다. 주방에서 은형이가 나왔다. 익숙한 동작으로 식판에 반찬을 담아 주었다. 기수는 그 옆에서 국을 퍼 주었다.

아, 두 사람이 같이 다닌 이유가 그럼! 선웅이는 전기에 감전된 것처럼 몸이 굳었다. 문득 샘이 났다. 난 왜 저 속에 끼지 못한 걸까. 그렇게 오랫동안 은형이 뒤를 보고 지냈는데. 은형이가 이곳으로 온 걸 모르고 있었다니. 불빛 아래 기수 얼굴이 훤하게 드러났다. 흰 이를 보이며 웃었다. 잘생겼다. 은형이 누나가 반찬을 담아 주며 웃었다. 행복해 보였다.

"현선웅, 바빠! 뛰어 들어와!"

기수가 선웅이를 발견하곤 소리쳤다. 선웅이는 망설이다 주방 앞으로 들어갔다. 이복규 할아버지가 사람들을 맞느라 기수가 밥을 펐다. 선웅이는 기수와 은형이 사이에서 국을 펐다.

"국 뜨거워. 손 잘해."

은형이가 무심히 말했다. 선웅이 마음에 햇살이 환하게 비쳤다. 어묵 뭇국을 푸는 손놀림이 마치 몇 년 했던 동작처럼 가볍고 즐거웠다.

"고마워, 학생."

밥을 받아 가는 사람들이 진심으로 말했다. 선웅이는 어묵 뭇국을 정성스럽게 담아 주었다. 권오복 할머니처럼 온종일 혼자 시간을 보내다가 이웃을 만나기 위해 나오는 분들도 있었고, 온종일 허기진 시간을 보내다가 따뜻한 한 끼를 먹기 위해 찾아온 분들도 있었다. 자기 손으로 직접 담은 꽃밥을 먹는 사람들을 보니 선웅이는 뭉클했다.

"오늘도 꽃밥 잘 먹고 갑니다."

사람들이 든든히 배를 채우고 돌아갔다. 담장 위에서 기다리던 삼백이는 권오복 할머니와 돌아갔다. 이복규 할아버지가 남은 밥과 국을 내왔다. 선웅이는 봉사자들과 앉아 저녁을 먹었다.

"많이들 먹어라."

기수가 선웅이 밥그릇에 밥을 수북하게 담아 주었다. 어묵 뭇국도 넘치게 퍼 주었다. 꿀맛이었다. 선웅이는 달그락 닥닥 소리를 내며 먹었다.

"선웅이는 참 복스럽게도 먹는다. 그렇게 맛있어?"

이복규 할아버지가 웃으며 물었다.

"네, 꽃처럼 달아요."

진심이었다. 꽃처럼 단 밥이었다. 기수가 툭 던지듯 물었다.

"맛있는 꽃밥 계속 먹으려면 너도 여기서 일해야 되는데?"

"당연하지. 내일도 올 거야. 모레도 올 거고."

이복규 할아버지가 손을 내저었다.

"부모님들 걱정하신다. 아서라. 은형이도 그만해라. 학교 공부하기도 힘들다."

"계속 올 건데요? 어차피 공원에 앉아·있다 들어가야 돼요."

"어허, 참."

200인 분의 밥을 배식했던 식판 설거지가 시작되었다. 기수가 식탁을 치우고 정리하는 사이에 선웅이는 은형이랑 봉사자들 틈에 섞여 설거지를 했다. 은형이가 식판을 닦아 건네면 선웅이가 고무 통의 물에 헹궈 선반에 쌓는 일을 반복했다.

"누나, 여긴 어떻게……."

은형이가 선웅이를 보았다.

"기수네 할아버지가 쓰러진 날 너하고 얘기했었잖아."

그래, 누나는 그때 말했어. 나도 그래. 미리 두려워하고 미리 겁내면서 다가서지 않아. 나와 같은 까만 튀기는 좋아하지 않을 거라고 미리 단정해. 다가섰다가 거부당하느니 미리 물러나 있는 거지. 그런 경험이 많으니까. 은형이 누나는 또 말했어. 그래서 널 보면 덜 외로워. 이렇게!

"너랑 이야기하고 나니까 용기가 났어. 새로운 관계에 대해 겁먹지 말자고. 마침 기수네 할아버지께 돌려드리지 못한 마스크와 안경이 내 주머니에 있었어. 그걸 핑계로 여기 꽃밥집에 왔다가 기수를 만난 거야."

은형이가 거품을 내며 닦는 식판에서 뽀득뽀득 소리가 났다.

"그날 하루만 돕고 갈 생각이었는데 너무 재밌는 거야. 멍하니 샘물 공원에 앉아서 아빠가 나가길 기다리고 있는 것보다."

"그랬구나. 난 계속 샘물 공원에서 누나를 기다렸거든. 안 보여서."

"너한테 말을 안 한 건 부끄러워서 그랬어. 반찬 담아 주는 일이랑 설거지 조금 하는 건데 자랑할 일도 아니고."

"자랑해도 되는데? 나는 아예 그런 생각을 못 했으니까."

선웅이는 깨끗하게 헹군 식판을 선반에 옮기고 돌아왔다. 은형이가 식판을 닦아 넘겨주길 기다리면서 선웅이는 슬며시 만찬회가 있었던 날의 이야기를 꺼냈다.

"누나, 내가 오해할 말이나 행동을 했다면 사과할게. 난 정말로 누나가 자랑스러웠거든. 우리 아버지는 누나가 한의학 공부를 한다면 당장 수제자로 삼겠대. 적어도 누나 정도의 학습 능력과 인내심을 갖고 있는 사람에게 한의원을 물려주고 싶댔어. 나처럼 밥 좋아하는 애는 쌀 다섯 가마 정도만 남겨 주면 된다고."

은형이가 피식 웃었다.

"그렇게 너한테 화를 내는 게 아니었어. 집에 가서 후회했어."

은형이가 식판을 닦으며 말했다.

"나도 자존심이란 게 상했나 봐. 겉으로 웃고는 있었지만 그 자리에 있는 내내 창피했거든. 여러 사람 앞에서 가정 형편이 어려운 애들을 대신해서 장학금을 받는다는 게. 너는 그런 거 모르지?"

"……미안해."

선웅이 말에 은형이는 도리도리 고개를 저었다.

"이런 때는 이렇게 말해야지. 나야 모르지! 그게 맞는 말이니까. 뭐가 미안하니? 따라 해 봐. 나야 모르지!"

"헤헤헤, 미안해."

선웅이와 은형이는 동시에 웃음을 터뜨렸다.

"정 이 일을 돕고 싶다면 토요일과 일요일에만 와 다오. 부모님께 말씀드려 보고 허락받은 뒤에."

이복규 할아버지는 헤어지는 길에 그렇게 당부했다. 세 사람은 나란히 서서 골목을 걸었다. 기수를 가운데 두고 달밤에 그림자를 늘리며 걸었다. 기수의 큰 키 때문에 잘 보이지는 않았지만 은형이 걸음걸이도 가벼워 보였다. 기수가 걷다 불쑥 선웅이에게 말했다.

"고맙다, 오늘."

"뭐, 뭘."

"우리 초등학교 때."

기수는 잠깐 생각에 잠겼다.

"그때 내가 남자애들은 한 번씩 다 패 줬거든. 너만 빼고."

"너무…… 뚱뚱하니까."

"그게 아니라 너한테 감동받았거든."

"나한테?"

"네가 죽은 왕개미를 들고 울었던 적 있잖아. 4학년 땐가? 5학년 땐가? 개미가 네 발에 밟혀 죽었다면서 엉엉 울었잖아."

"아아……."

선웅이는 민망한 기억이라 뒷말을 흐렸다.

"네가 개미한테 느꼈던 거, 난 전혀 생각하지 못했던 것들이거든. 묘했어. 이런 애도 있구나. 그 뒤로 내가 거미줄을 치고 사는 것도 아닌데 네가 자꾸 내 시야에 걸리는 거야. 거미줄에 걸린 나방처럼."

"맞아. 네가 여러 번 날 구해 줬어."

선웅이는 입을 실룩거렸다. 기분 좋았다. 자기가 누군가에게 감동을 주었던 일에 대해 듣는 건 즐거운 일이었다. 그런 사실을 기억해 주는 사람이 있다는 것도 기쁜 일이었다. 무인도에서 살고 있었지만 그런 나를 응시하는 존재도 있었구나 싶었다. 선웅이도 오래전 기억을 떠올렸다.

"초등학교 때 너네 집 앞에서 가끔 기웃거렸어. 꽃밥이 어떻게 생긴 건가 궁금해서. 정말로 꽃을 넣고 짓는 밥인가 해서."

"그런데 오늘 보니까 꽃이 없지? 실망했겠다."

"아니."

바람이 가슴으로 밀려왔다. 쌀쌀하지만 기분 좋은 바람이었다.

"꽃보다 더 좋은 게 들어 있다는 걸 깨달았어."

기수가 궁금한 눈으로 걸음을 세웠다. 은형이도 선웅이를 보았다.

"따뜻한 가슴."

가을바람이 한 차례 더 세 사람의 이마로 날아왔다.

"아까 밥 먹으면서 문득 생각했어. 이 밥이 꽃보다 단 건 할아버지의 따뜻한 가슴이 들어 있어서구나."

기수가 윗니를 드러내고 웃었다. 처음이었다. 기수가 환하게 소리 내 웃는 모습은.

"그만 가."

한의원 골목에 들어서자 은형이가 기수에게 말했다.

"문 앞까지 가."

"선웅이 있잖아."

선웅이는 눈앞이 아찔했다. 은형이가 자기 이름을 부르며 함께 가겠다고 말한 것이다. 선웅이는 담벼락을 향해 고개를 돌리고 실룩실룩 웃었다.

"그래, 그럼. 간다."

기수가 불빛을 어깨에 이고 멀어졌다. 선웅이는 회색 대문 앞까지 은형이와 걸었다. 푸르릉, 푸르릉! 기린이 아무리 소리를 내지 않는 동물이라고 해도 이렇게 기분이 날아갈 듯 좋을 땐 입이라도 털지 않을까? 너무 좋아서 펄떡펄떡 뛰지는 못하고, 그 긴 목 때문에 중심을 잃을까 봐 뛰지는 못할 테니까, 이렇게 푸르릉, 푸르릉! 고개를 흔들며 입이라도 털지 않을까!

11월 둘째 주 월요일 아침 조회 시간에 담임 선생님은 재미난 제안을 했다. 상식 골든벨 대회를 주제로 학생들 스스로 조회를 해 보라는 것이었다. 예선은 수요일 2시, 본선은 토요일 1시에 강당에서 열린다고 했다. 나서기 좋아하는 이호 녀석이 번쩍 손을 들고 나가서 조회를 진행했다.

"예선전은 각 반마다 10명씩 출전할 수 있다고 합니다. 우리 반을 대표해서 나가는 거니까 상식이 풍부한 사람이 필요합니다. 특히 토요일 본선 대회는 부모님들도 참여하는 행사니까 우리 반의 명예를 지켜 줄 친구가 반드시 필요합니다. 지금부터 출전하고 싶은 사람은 손을 들어 주세요. 다른 사람을 추천해도 좋습니다."

그 말이 끝나자마자 기수와 은형이가 동시에 손을 들었다. 반 아이들이 우우우 놀랍다는 표현을 했다. 그도 그럴 것이 기수는 언제나 창가에 앉아 잠을 자거나 혼자 음악을 듣는 아이였다. 반 아이들과 이야기를 나눈다거나 자기 의사 표현을 해 본 적이 없었다. 다만 그 특유의 강렬한 모습과 학교 안팎에 떠도는 풍문 때문에 함부로 다가갈 수 없는 아이로 인식되어 있었다. 풍문은 대개 학교의 일진 아이들조차 꺼리는 기수의 운동 실력에 관한 것이었다. 초등학교 때부터 학교의 짱이란 짱들과 붙어서 한 번도 진 적이 없다는 소문은 기수가 태권도와 합기도의 유단자란 사실로 증명된 것이라고 다들 입을 모았다.

은형이 역시 자기 의사 표현을 하지 않던 아이라서 모두 놀라워했다. 학교에서 수업을 듣는 동안 그림자처럼 지내는 은형이었다. 선생님이 지목하기 전까지는 자기 생각을 말해 본 적도 없고 먼저 손을 들고 발표해 본 적도 없었다. 쉬는 시간에는 또래 아이들이 읽지 않는 책들을 읽었다. 유발 하라리의 『사피엔스』라든가 마이클 샌델의 『정의란 무엇인가』, 정약용의 『목민심서』와 같은 책을 읽었다. 어려운 책 읽는 시늉하며 잘

난 척한다고 비꼴 수 없었던 이유는 은형이가 전 과목에 걸쳐 전교 상위 등급의 성적을 유지하고 있었기 때문이었다.

그런 이질적인 친구 두 명이 동시에 손을 들고 의사 표현을 시도했다는 것만으로도 반 친구들이 술렁댈 만했다. 담임 선생님도 뒤에 서서 흥미로운 표정으로 지켜보았다. 이호가 떫은 표정으로 두 사람을 번갈아 보며 시간을 끌자 담임 선생님이 어서 진행하란 눈짓을 보냈다. 이호는 마뜩치 않은 소리로 누구를 추천할 것인지 물었다. 은형이와 기수는 약속이라도 한 듯 동시에 말했다.

"현선웅!"

뒷문 쪽에서 그 상황을 지켜보고 있던 선웅이는 입이 떡 벌어졌다. 잘못 들은 거라고 기수와 은형이를 둘러보았다. 기수가 못을 박듯 말했다.

"현선웅을 추천합니다."

이호가 불쾌해서 이죽거렸다.

"분명히 말했는데요. 우리 반의 명예를 걸어야 하는 사람이니까 상식이 풍부해야 한다고."

"그러니까 현선웅이라고."

기수가 짧게 말하고 이호를 똑바로 쳐다보았다. 이호는 은형이를 향해 불만을 터뜨렸다.

"하필 왜 현선웅인데요?"

"현선웅이니까요."

"뭐래? 너네 짰냐? 쟤가 뭘 안다고. 먹을 것만 알고 뚱뚱한 녀석이."

"야!"

기수가 의자를 밀치고 일어났다. 워워, 반 친구들이 진정하라고 책상을 두드렸다. 담임 선생님은 팔짱을 끼고 흥미롭게 지켜보았다. 기수가 또박또박 짚어 주듯 말했다.

"애들한테 빵 셔틀이나 시키고 숙제 셔틀이나 시키는 너보다 나아."

이호는 얼굴에 분한 기운이 가득했다.

"한 번 더 묻겠습니다. 현선웅을 추천하는 이유가 뭔가요?"

"고민하는 친구니까요. 너처럼 즉흥적이지도 않고 중2병이라고 떠벌리지도 않고 진지하게 고민하는 친구니까요. 고민하니까 다른 사람이 가지고 있는 판단력보다 현명할 테니까요."

반 아이들의 탄성이 터졌다. 이호는 애꿎은 화풀이를 선웅이에게 던졌다.

"현선웅, 잘난 친구들이 추천했는데요. 상식 골든벨 대회에 나갈 생각 있습니까?"

선웅이는 난감했다. 갑자기 벌어진 상황이었다. 아이들의 시선이 온통 선웅이한테 향해 있었다.

"3초 안에 대답하지 않으면 기권하는 걸로 알겠습니다. 하나, 둘."

그런 법이 어디 있냐고 반 아이들이 책상을 두드리며 야유를 보냈다. 은형이가 뒤를 돌아보았다. 스스로 은따를 만들던 시간에서 벗어나! 은형이는 그렇게 말하고 있었다. 기수를 돌

160

아보았다. 기수가 엄지손가락을 척 들어 보였다. 선웅이는 손을 번쩍 들었다.

"나가겠습니다."

"에이, 씨. 네가 뭘 안다고 나간다는 거야? 네가 책을 읽는 애야? 공부나 잘하는 애야?"

"난 동화를 써. 상상하는 만큼 책도 읽어. 동화도 논리가 있어야 하거든."

"우아, 동화를 써?"

반 아이들이 선웅이를 보며 놀라워했다. 담임 선생님도 선웅이의 새로운 모습에 눈을 동그랗게 떴다.

"내 꿈이 동화 작가야."

담임 선생님이 손을 들었다.

"사회자님, 한 가지 건의를 하고 싶은데요?"

이호가 뚱한 얼굴로 고개를 끄덕였다.

"선웅이의 꿈 이야기가 정말 재미있는데요. 잠깐 그 꿈 이야기를 들어 보아도 될까요?"

아이들이 좋다고 책상을 두드렸다. 이호는 썩 달갑지 않은 표정으로 말했다.

"딱히 말하고 싶지 않다면 안 나와도 됩니다만."

선웅이는 의자를 밀고 일어났다. 호기심 가득한 친구들의 시선을 받으며 선웅이는 앞으로 나갔다. 떨리는 마음을 진정시키며 교탁 앞에 섰다. 잠시 친구들을 바라보다 돌아서서 칠판에 동시 하나를 썼다.

<　소풍　>

빨간 샐비어 위로 날아간다 노란 네발나비
푸른 배춧잎 위로 날아간다 까만 제비나비
노란 국화꽃 위로 날아간다 주홍 부전나비
내 마음도 날아간다 투명 풍선 타고 동동

선웅이는 친구들을 향해 돌아섰다.

"초등학교 3학년 때 선생님께서 '소풍'이란 주제로 동시를 써 오라고 하셨어요. 그때 쓴 동시인데요."

"여어어!"

반 아이들이 일제히 엄지손가락을 들고 환호했다.

"그때도 친구들이랑 어울리지 않고 혼자 조용히 지낼 때였는데요. 소풍 가는 모습을 여러 가지 색감을 대비해서 써 보고 싶었어요. 제 꿈은 아직 불투명할 때라서 투명 풍선이라고 표현한 거고요."

교실에 우렁찬 박수 소리가 퍼졌다.

"선생님께서 제 머리를 쓰다듬어 주시면서 그랬어요. 넌 이 다음에 동화를 쓰면 좋겠다. 정말 멋진 상상력을 가진 아이구나. 처음으로 제가 무언가를 할 수 있는 아이란 걸 깨달았어요. 정말 상상력이 풍부한 아이일까? 길을 가다 돌멩이를 툭 찼는데 그 안에서 개미가 바쁘게 걸어 나오는 거예요."

교실 안은 숨소리만 남아서 고요했다. 모두가 선웅이 이야기에 귀를 기울였다.

"그때 뭔가 스쳐 갔어요. 나한테는 하찮은 돌멩이지만 땡볕 속을 걸어가던 개미한테는 동굴 같은 휴식처였겠구나. 그러니까 돌멩이와 땅 사이에 난 틈이 그 개미에게는 정말 편안한 쉼터였겠단 생각이 든 거예요. 그럼 내가 누군가의 우주 하나를 날려 버린 거네? 이런 상상을 하니까 그 뒤로는 돌멩이를 걷어차지 못하겠더라고요."

담임 선생님과 아이들이 박수를 쳤다. 선웅이는 쑥스러워 얼굴이 붉게 변했다.

"저는 상상하는 걸 좋아해요. 혼자 지내다 보니까 상상력이 늘었나 봐요. 혼자 사바나에도 가고 무인도에도 가고 달나라에도 가요. 그 상상을 엮다 보면 동화가 돼요."

"그 동화 좀 들려줄 수 있나요?"

담임 선생님의 부탁에 선웅이는 고개를 저었다.

"제 말들은 아직 무르익고 있는 중이라서요. 나중에요. 동화 작가가 되고 나서요."

"이미 선웅이 생각과 말은 무르익은 것 같은데? 동화 작가가 되고 싶다는 선웅이 꿈을 응원하마. 선웅이가 이렇게 생각이 깊고 말도 잘하고 사교성 있는 아이란 걸 이제야 알았네. 그 모습을 보여 줘서 너무 고맙다. 자, 모두 현선웅에게 박수!"

반 아이들은 거침없이 책상을 두드렸다. 선웅이에게 보내는 진심 어린 박수였다. 선웅이는 배시시 웃음을 물고 자리로 돌아왔다. 담임 선생님이 이호에게 조회를 계속하란 눈빛을 보냈다. 이호는 여전히 떫은 감을 문 듯한 표정으로 말했다.

"아직 9명을 더 추천받을 수 있어요. 나가고 싶은 사람도 직접 손을 들어 주세요."

은형이가 선웅이를 돌아보았다. 환한 웃음을 달고. 기수도 잘했다고 고개를 끄덕였다. 선웅이는 벌떡거리는 심장을 진정시키느라 손바닥으로 지그시 가슴을 눌렀다.

'됐다. 현선웅!'

꽃밥집 이야기를 들은 엄마의 반응은 싸늘했다. 곧 중3이 될 텐데 무슨 엉뚱한 짓이냐는 말이었다. 아버지가 선웅이 편을 들었다. 공부에 흥미가 없다면 자기가 좋아하는 걸 해 보면서 길을 찾는 것도 좋다는 이야기였다. 엄마는 그럴 시간이 어디 있느냐며 말을 잘랐다. 선웅이 해결책은 하나였다.

"나, 우리 학교 상식 골든벨 대회에 나가."

"뭐라고?"

"우리 반 대표로 상식 골든벨 대회에 나간다고. 토요일 본선 대회에. 어제 예선 통과했어."

아버지는 선웅이를 끌어안았고 엄마는 어이없다는 표정을 지었다.

"정말이야?"

"그날 와서 보면 알지."

"아유, 이 자식. 뭔가 하나는 해낼 줄 알았다. 장하다, 내 아들."

"굼벵이도 구르는 재주는 있댔어."

엄마가 선웅이 등짝을 내리쳤다.

"네가 굼벵이면? 엄마랑 아버지는? 아니 그런데 무슨 재주로 그걸 통과했대? 너 정말 네 실력으로 통과한 거 맞아? 커닝한 건 아니고?"

"엄만 엄마 아들에 대해서 너무 몰라. 나의 잠재된 능력은 무한대야. 우주에 빅뱅이 일어나던 순간부터 갖고 있던 능력이야."

"지 아버지 닮아서 말은 빤질빤질, 아주 청산유수지. 그나저나 천지개벽할 일이네. 어떻게 이런 일이 일어날 수 있지?"

"이게 다 동화 쓰면서 상상하고 책 읽어서 그런 거야. 선생님들이 난 정말 멋진 동화 작가가 될 거랬어."

"또 허튼소리!"

엄마가 선웅이 귀를 잡아 올렸다. 선웅이 비명을 들으며 엄마가 아버지에게 말했다.

"여보, 오늘 병원장들 저녁 회식 자리 만들어."

"왜?"

"몰라 물어? 아무나 거기 나가는 줄 알아? 알려야 할 거 아냐. 우리 선웅이가 골든벨 본선에 나간다는데. 회식 때마다 자기네 잘난 자식들 자랑을 어찌나 해 대던지. 나도 한을 풀어야겠어."

"엄마, 귀 좀 놔. 놓으라고!"

엄마는 손을 놓고 말했다.

"좋아. 꽃밥집 봉사를 허락하마. 그러려면 평일에 공부를 더 열심히 해야 할 거고, 당연히 밤잠은 줄여야겠지?"

"물론이야. 어차피 난 새벽까지 잠……."

어차피 난 새벽까지 잠을 안 자. 은형이 누나의 꿈길을 지켜야 하니까. 선웅이는 뒷말을 꿀꺽 삼켰다. 선웅이는 2층 방으로 뛰어올랐다. 창문을 벌컥 열었다. 은형이가 등교하기 위해 마당으로 나오고 있었다.

"은형이 누나, 나도 꽃밥집 갈 수 있다! 야호!"

은형이가 11월 햇살 아래서 환하게 웃었다.

전교생 650명을 대상으로 한 상식 골든벨 예선전에서 본선에 진출하는 인원은 총 50명이었다. 최종 우승자를 비롯한 8명의 준우승자는 문구 상품을 선물로 받을 수 있었다. 50명의 본선 진출자 학생들은 강당 바닥에 나란히 줄을 맞춰 앉았다. 진출자를 응원하는 학생들과 학부모의 열기가 강당 안에 뜨거웠다. 저마다 응원하는 학생의 이름을 캘리그래피로 써 오거나 진출자의 번호를 크게 써 붙여 왔다. 먼저 교장 선생님이 마이크를 잡았다.

"우리 배화 중학교의 골든벨 대회는 기존의 독서 골든벨이나 역사 골든벨, 영어 골든벨과 달리 전 영역에 걸친 상식 골든벨이란 점에서 아주 창의적이고 독특합니다. 오늘 이렇게 본선에 진출한 학생들에게 최선을 다해 달라는 당부와 함께 이즐거운 자리를 위해 배석해 주신 학부모님들과 재학생 여러분께 감사의 말씀을 전합니다. 그럼 이제부터 배화 중학교 상식 골든벨 대회를 시작하겠습니다."

선웅이는 33번을 달고 앞에서 다섯 번째 줄에 앉아 문제를 풀었다. 사회자가 선웅이를 소개하자 반 친구들과 담임 선생님이 일어나서 환호했다. 두 손을 입에 대고 선웅이 이름을 외치는 은형이와 기수가 눈에 들어왔다. 엄마와 아버지도 펄쩍펄쩍 뛰며 손을 흔들었다. 선웅이는 우후후 진저리를 치며 고개를 흔들었다.

그 자리에 앉아 있는 자기 모습이 마치 초현실계의 여행자 같다는 생각이 들었다. 비행선을 타고 우주를 여행하다 지구에서 울리는 함성에 끌려 내려와 보니 배화 중학교 강당이었고, 어찌하다 보니 지구인들 속에 섞여 앉아 지구어로 문제를 풀고 있는 것 같은 묘한 이질감도 들었다. 단 며칠 만에 바뀐 상황이 믿기지 않았다. 그래도 현실이 분명하다는 생각이 드는 것은 손끝부터 배꼽, 심장, 머리통을 휘감아 도는 떨림 때문이었다.

"오늘 상식 골든벨 대회에서 출제되는 문제는 총 30문제입니다. 이번 대회의 진행 방식은 기존과는 다른데요. 기존의 골든벨은 문제를 틀리는 즉시 탈락했습니다. 오늘 골든벨 대회는 문제를 틀려도 탈락하지 않습니다. 30문항까지 모두 푼 후에 최고 득점자가 우승을 하게 됩니다. 맞은 정답에는 스태프 분들이 돌아다니며 빨간 스티커를 붙여 주실 건데요. 그래서 오늘은 보드판 대신 주관식과 객관식 답안을 고루 적을 수 있는 화첩을 사용하도록 하겠습니다. 그럼 첫 번째 문제 드립니다."

소란한 기운이 썰물처럼 빠져나간 강당은 무덤 속 같았다.

"올여름과 가을, 우리나라에 상륙한 태풍이 유난히 많았는데요. 태풍은 위치에 따라서 불리는 이름이 다릅니다. 북서태평양에서 발생한 것은 태풍, 북중미에서 발생한 것은 허리케인이라고 부릅니다. 그렇다면 인도양에서 발생한 것은 무엇이라고 할까요?"

선웅이는 자신 있게 '사이클론'이라고 적었다. 스태프가 빨간 스티커를 붙여 주었다. 우리 아들 장하다! 엄마의 목소리가 강당을 흔들었다.

"사회 관계망 서비스란 말을 들어 보셨지요? 소셜미디어, 페이스북, 인스타그램 등으로 불리고 있어서 잘 사용하지 않는 말인데요. 즉 SNS를 순 우리말로 무엇이라고 할까요?"

선웅이는 화첩에 '누리소통망'이라고 적었다. 주변의 아이들은 의외의 문제에 고개를 갸웃했다. 선웅이가 화첩을 들고 흔들자 반 친구들이 응원하는 소리가 울렸다. 사회자의 문제가 거듭 이어졌다.

"식물이 스스로를 보호하기 위해 내보내는 항균 기능을 하는 물질을 무엇이라고 하나요? 이것을 사람이 호흡을 통해 흡수하면 스트레스가 완화되고 심리적으로 안정되는 효과가 있으며 면역력과 심폐 기능을 강화하는 데 도움이 된다고 합니다."

"이것은 많은 양의 토양을 파고 엎는 과정에서 통기성과 배수를 원활하게 하며 유기물의 섭취와 배설을 통해 영양물질의 효율성을 증가시켜 토양의 질소, 탄소의 재순환에 중요한 역할을 합니다. 찰스 다윈은 농사로 말하면 땅을 가는 것, 곧 '경운'이라고 하는 일을 이 동물이 한다고 말했는데요. 비옥한 토양을 유지하는 데 없어서는 안 되는 중요한 동물인 이것은 무엇인가요?"

선웅이는 마지막 문제까지 집중해서 풀었다. 15년의 인생을 살며 그처럼 집중력을 발휘해 보기는 처음이었다. 땀이 등줄기를 타고 흘렀다. 애국가 4절 쓰기를 끝으로 상식 골든벨 대회의 막이 내렸다. 스태프들이 답지를 걷어 가고 최고 득점자를 가리는 동안 배화 중학교 댄스 동아리 공연이 펼쳐졌다. 한쪽에서는 비눗방울 공연도 벌어졌다. 선웅이는 호흡을 가다듬으며 발표를 기다렸다.

"지금부터 시상을 시작하겠습니다. 먼저 동상 수상자입니다."

동상에 이어 은상, 금상까지 호명되었다. 학생들의 이름이 호명될 때마다 기쁨과 아쉬움의 탄성이 교차해 터졌다. 선웅이는 마지막 대상만을 남겨 둔 순간까지 자기 이름이 불리지 않자 불안한 마음이 들었다.

"대상, 참가 번호 4번 강현주!"

우레와 같은 박수 속에서 선웅이는 엄마가 안타깝게 주저앉는 모습을 보았다. 같은 반 친구들도 아쉬워하는 탄성을 냈다. 선웅이는 의기소침했다. 당당히 수상자 명단에 들어 자기를 응원해 주는 사람들의 기대에 부응하고 싶었던 바람이 깨져 버리자 어깨가 구부정해졌다.

"괜찮아! 괜찮아!"

선웅이네 반 친구들이 손나팔을 불고 응원했다.

"현선웅, 잘했다! 꼴찌여도 본선이잖아!"

아버지가 고래고래 소리를 질렀다.

"본선 아니면 어때. 도전했잖아! 내 아들, 장해!"

엄마가 목이 터져라 외치는 소리도 울렸다. 선웅이의 위축되었던 마음이 살아났다. 은형이와 기수가 괜찮다고 팔을 세차게 흔들었다. 가슴이 터질 듯했다. 사회자의 마지막 인사가 이어졌다.

"승패보다 중요한 것은 이 자리를 즐길 줄 아는 모습이겠지요. 다양한 지식과 문화적 소양을 함양할 수 있었던 시간이었습니다. 함께 자리해 주신 내외빈 여러분 고맙습니다. 배화 중학교 재학생 여러분 사랑합니다."

골든벨 대회를 마치자마자 선웅이는 은형이와 기수랑 함께 꽃밥집으로 향했다. 삼백이가 꽃밥집 담장 위에서 권오복 할머니를 기다리고 있었다.

"좀만 더 잘할걸."

선웅이는 여전히 아쉬웠다. 기수가 따뜻한 코코아를 타 왔다.

"너무 화려한 출발은 오히려 부담스럽지. 그 이후의 일을 어떻게 감당하려고? 처음부터 우주 대스타를 꿈꾼 건 아니겠지?"

기수가 장난스럽게 말했다.

"지금 날 놀리는 거지?"

"응. 얼마 전까지만 해도 넌 입을 꽉 다물고 살던 애였잖아."

"넌 아니고?"

"나도 그랬고."

은형이가 슬며시 손을 들었다.

"그런 사람, 여기 한 명 더 추가!"

세 사람은 서로를 바라보며 웃음을 터뜨렸다.

"우리 무지 웃기는 관계다. 다른 애들이 봤을 때 하나도 안 어울리는 조합이잖아."

은형이 말에 기수가 맞장구쳤다.

"그렇겠지. 그런 우리가 어느 날 갑자기 뭉쳤으니까."

선웅이는 부끄럽지만 속마음을 꺼냈다.

"은형이 누나랑 기수 너 때문에 깰 수 있었어. 단단한 껍질 속에 있던 내 모습. 용기를 못 낸 건지 일부러 모른 척하며 지 낸 건지는 모르겠지만 다른 사람들이랑 떨어져 있는 게 어느 순간부턴가 당연하다는 생각이 들었어. 부딪쳐야 할 때도 있는 데 자꾸만 뒤로 물러나면서 멀어지고 있었어. 모든 관계로부 터. 그런 날 두 사람이 꺼내 주었어."

"고맙다는 말을 뭘 그렇게 길게 하냐."

기수가 쿡 찌르는 소리에 선웅이는 배시시 웃었다.

"맞아, 고맙다는 소리야."

"나는 안 그랬냐, 뭐? 나도 고마워."

기수가 손을 내밀자 은형이가 손을 겹쳐 올렸다.

"나야말로. 나도 고마워."

선웅이는 따뜻한 기운이 감도는 두 사람의 손등 위로 손을 올렸다.

"이런 게 친군가?"

선웅이가 두 사람에게 물었다.

"그렇지 않을까? 좀 어색하지만."

"그럼 오늘부터 나, 원은형은 두 명의 친구를 둔 거네?"

셋이서 환하게 웃었다.

"우리 위로 파이팅 해? 아래로 파이팅 해?"

은형이가 물었고,

"위로 날자."

기수가 답했고,

"우리의 우정을 위하여 하나, 둘, 셋!"

선웅이가 외쳤다.

"파이팅!"

세 사람은 동시에 손을 위로 올렸다. 비둘기처럼 날아오른 손바닥 사이로 오후 햇살이 실타래처럼 번졌다.

7.
찬란한
약속

밤 기온이 영하 7도까지 떨어진 11월 셋째 주 일요일이었다. 기온 탓인지 토요일에는 그 전주보다 배로 많은 노숙인들이 꽃밥집을 찾았다. 이복규 할아버지는 여느 때보다 한 시간 앞서 급식 준비를 하자고 전날 봉사자들에게 일러두었다. 선웅이와 은형이도 1시에 맞춰 꽃밥집에 도착했다.

"삼백!"

삼백이는 권오복 할머니의 동선을 꿰고 있는 듯했다. 꽃밥집 담장 위에 웅크리고 앉아 있다가 권오복 할머니가 마당으로 들어서자 풀쩍 뛰어내렸다. 주말마다 봉사를 나오는 사람들도 바삐 들어섰다. 이복규 할아버지가 주방 쪽 문을 활짝 열었다.

"오늘은 평소보다 백 명 가량 더 올 거요. 어서들 준비합시다."

기수가 익숙한 동작으로 육수용 멸치를 권오복 할머니 앞에 가져다 놓았다. 할머니는 멸치 똥을 빼서 삼백이 입에 먼저 넣어 주었다. 삼백이는 할머니가 앉아 있는 들마루 아래에서 부지런히 멸치를 받아먹었다.

"아이고, 고놈어 주둥이. 야물야물 잘도 씹어 샘킨다. 삼백아, 어젯밤이 안 추웠냐? 암만 들짐승이래도 서리 내리고 땅바닥 얼문 굴속이라도 파고 들어가 사는 법인디 허구헌날 담벼락 위서 그러고 지내문 써?"

삼백이는 뭐라고 대답하는 것처럼 권오복 할머니를 향해 고개를 들고 소리를 냈다.

"니가 언제부텀 들팽이였나는 모르겠다만, 그래서 떠돌매 사는 게 좋은가는 모르겠다만, 이 시상이는 인연이란 게 있어. 한 번 맺으문 삼생을 돌고 도는 그런 질긴 끈이 있어. 우리 삼백이헌티 메루치 주매 맺은 인연이 발쎄 3년일세."

"벌써 그렇게 됐어요?"

선웅이가 휴지통에 비닐을 씌우다 놀라서 물었다.

"이잉, 그렇당께. 야가 흰 눈을 뒤집어쓰고 우리 집 마당이루 절뚝대며 들어선 게 발쎄 그려. 어디서 다쳤나 요짝이 발톱이 죄 빠져 있더란께. 저놈어 인간, 허구 날 노려는 보는디 뱃가죽이 납작 붙어서는 움직이딜 못햐. 그래 메루치 몇 마리 던져 줬더니 날름 죄 먹더라구. 그 뒤로 날매다 찾아와서는 메루치 받아먹구 가잖어."

선웅이는 그전부터 궁금하던 게 있었다. 배화동의 많은 길
고양이 중에 그 같은 명백한 이름을 가진 고양이는 없었다. 노
랑이, 황달이, 똥꼬, 나비, 양양이 정도의 명칭을 가진 고양이
들이 대부분이었다. 삼백이란 이름은 처음부터 권오복 할머니
가 붙여 준 것이었다.

"왜 삼백인데요?"

삼백이 나이가 삼백 살은 됐다고 권오복 할머니가 늘 말해
서 그런가 보다 하던 이름이었다. 권오복 할머니는 한숨을 내
쉬었다.

"이구, 오래 살라구. 우리 아덜이 겨우 스무 살 적이 떠났잖
어. 그게 뭐여. 허망허게. 그래 오래 살라구. 한 삼백 살 되게
는 살란 뜻여. 야라도 삼백 년은 살라구 불러 준 겨. 근디 그렇
게 찬바람 속이로 돌아댕기문 어뜩히 삼백 살을 살겄어?"

"어르신도 참. 삼백이도 다 생각이 있다네요. 3년째 무탈하
게 어르신 찾아오는 거 보면 모르세요?"

이복규 할아버지가 장작불을 살리기 위해 먼저 아궁이 재를
끌어내며 말했다. 권오복 할머니는 그 말이 맞다고 웃었다.

"긍께 삼백이 너 말여. 이 할미가 배화동 뜨기 전까지는 여
기 딱 붙어 있으야 헌다. 이것도 인연인디. 암만 하찮아도 인
연인디. 워디로 훌쩍 가 버리문 안 되는 겨. 알았지? 이구, 고
놈어 주둥이. 참 야무지게 찹찹 잘도 먹는다."

권오복 할머니가 허리를 숙이자 삼백이가 들마루 위로 뛰어
올랐다. 마치 대답이라도 하듯 권오복 할머니 이마에 제 이마

를 쿵 박았다.

"약속헌다구 도장 찍은 겨, 시방?"

그 소리에 마당에 있던 사람들이 모두 웃었다.

"오늘은 육개장 나가는 날입니다. 고사리랑 대파 같은 야채부터 다듬어요."

이복규 할아버지의 지시에 따라 봉사단원들은 부지런히 움직였다. 기수는 바닥을 물걸레질한 뒤 긴 책상처럼 생긴 식탁들을 닦았다. 은형이는 수저 정리를 했다. 선웅이는 아궁이 불을 지필 장작을 날랐다. 평화로운 토요일 오후였다.

"비켜. 비켜 보라고, 좀."

귀에 익은 소리가 울렸다. 원중선 아저씨가 저지하는 봉사단 사람들을 밀치며 꽃밥집 마당으로 들어섰다. 은형이 얼굴빛이 까맣게 죽었다. 원중선 아저씨는 이복규 할아버지를 보자마자 트집을 잡았다.

"내 딸을 데려다 일을 부려 먹을 거면 돈을 줘야지, 돈을. 미성년자를 부려 먹는 게 불법인 거 아쇼, 모르쇼?"

이복규 할아버지가 비틀대는 원중선 아저씨를 의자에 앉혔다.

"허허, 은형이가 큰 도움을 주고 있다네."

"내 말은 그게 아니라 일을 부려 먹을 거면 돈을 줘야 한다 그 말이지요. 미성년자한테 이렇게 밥 짓고 밥 푸게 하는 일이 불법 아닌가? 내가 신고하면 어르신은 당장 쇠고랑 차. 알아요?"

은형이가 화가 나서 소리쳤다.

"내가 좋아서 돕는 일이야. 할아버지한테 무슨 막말이야? 돌아가."

"넌 빠져."

"아빠나 빠져."

"이년이 그런데."

원중선 아저씨가 손에 닿는 그릇을 잡아 은형이한테 던졌다. 기수가 재빨리 은형이를 한쪽으로 비켜서게 했다. 그릇이 담장에 부딪쳐 바닥으로 떨어졌다. 삼백이가 놀라 담장 위로 뛰어올랐다. 선웅이가 원중선 아저씨 앞에 있는 수저통을 부리나케 치웠다.

"어허, 중선이 이 사람. 많이 취했구먼. 자식한테 그러면 쓰나. 은형이는 들여보낼 테니 자네도 일어나시게."

원중선 아저씨는 말리는 이복규 할아버지의 손을 뿌리쳤다.

"이봐요, 밥 먹으러 왔으면 조용히 먹고 가고 소란 피울 거면 당장 나가요."

봉사단원이 나서서 원중선 아저씨를 가로막았다.

"밥이 다냐? 우리 딸이 죽어라 일해 주고도 돈을 못 받아서 억울해서 왔다니까. 어라, 이거 안 놔? 이것들이 정말."

원중선 아저씨가 사람들을 밀치며 던질 것을 찾았다. 권오복 할머니가 지팡이로 원중선 아저씨를 쿡쿡 찔렀다.

"나이는 어디로 처먹고 어린애만도 못한 짓거리여? 자네 눈에는 시방 나도 안 보이는 거? 으른도 안 보이냔 말여? 저기

삼백이만도 못한 인간이구먼 그랴. 쟤는 밥 먹을 자리는 자리
대로 알고 잠잘 자리는 자리대로 알어. 사람이 돼 갖구 왜 그
랴. 자네가 시방 여기서 이 짓거리 헐 때여?"

선웅이가 급히 권오복 할머니를 주방 안쪽으로 이끌고 들어
갔다. 삼백이가 담장 위에서 할머니를 불렀다.

"시끄러워, 괭이 새끼야."

원중선 아저씨가 소리쳐도 삼백이가 계속 울었다.

"네놈이 나보다 낫다고 지껄이는 거냐? 오냐, 네가 인두겁
을 쓰고 있는 놈인가 아닌가 잡아 보면 알지."

원중선 아저씨가 담장 위의 삼백이에게 손을 뻗었다. 그 순
간 머리 위로 콩나물 더미가 쏟아졌다. 은형이가 바르르 떨리
는 소리로 외쳤다.

"내가 앵벌이야? 아빠 돈줄이냐고? 왜 내 뒤만 쫓아다니면
서 돈, 돈 하는데? 자식이 돈으로밖에 안 보여? 이러려고 날
낳은 거야? 아버지 노릇은 하나도 하지 않으면서 돈만 벌게 하
고 싶은 거냐고."

"고약한 년."

원중선 아저씨의 팔이 위로 올라갔다. 기수가 그 팔을 잡았
다.

"당장 여기서 나가. 여기는 아빠 같은 사람이 행패 부리는
자리가 아니야. 자신밖에 모르고 자신만을 위해서 사는 사람이
아빠라는 게 부끄러워."

원중선 아저씨는 기수에게 잡힌 팔을 빼내려고 안간힘을 썼

다.

"안 놔, 새끼야? 이거 놓으라고. 은형이 너 이년. 지금 뭐라고 지껄인 거냐. 내가 부끄럽다고?"

"아빠보다 더 힘들고 어려운 사람들이 얼마나 많은데. 어떤 노력도 하지 않고 술로만 살고 있는데 그럼 안 부끄럽길 바라?"

"딸이라는 것이 아주 제 아빠를 발톱의 때로도 안 보는구나."

기수가 원중선 아저씨를 끌고 밖으로 나갔다.

"어어, 이 팔 안 놔? 당장 경찰 불러. 야, 경찰 부르라고."

원중선 아저씨 소리가 골목 밖으로 멀어졌다.

"은형이 너 이년. 돈 받으면 당장 애비한테 가져와야 한다."

은형이는 바닥에 떨어진 콩나물을 쟁반에 주워 담았다. 이복규 할아버지가 조용히 일렀다.

"은형이는 집으로 돌아가는 게 좋겠다."

"아니요. 지금까지 살면서 제가 원하는 걸 한 번도 해 본 적이 없어요. 늘 아빠의 눈치를 보면서 굴속의 쥐처럼 숨어 지내면서 책 한 권 끝까지 읽어 본 적 없어요. 밥 한 번 편하게 먹어 본 적 없고요. 오늘 이 일은 끝까지 할래요. 아빠 때문에 더는 도망 다니고 싶지 않아요."

은형이가 단호한 눈으로 이복규 할아버지에게 물었다.

"계속 도와도 되죠, 할아버지?"

이복규 할아버지는 말없이 고개를 끄덕였다. 선웅이가 다가

와 함께 콩나물을 주워 담았다. 은형이는 굳은 얼굴이었지만 담담하게 움직였다. 바닥에 쏟아졌던 콩나물을 주워 담았다. 수저통을 내다 놓고 식판의 물기를 닦았다. 선웅이는 은형이가 다듬고 남은 콩나물을 갖다 버리고, 수저통에 숟가락과 젓가락을 정리해 담고, 식판을 밥솥 가까운 자리에 갖다 쌓았다. 그 사이에 기수도 돌아와서 식탁을 가지런히 정리했다.

"난 괜찮아. 눈치 그만 봐."

은형이를 살피던 선웅이는 뜨끔해서 머리를 긁었다.

"장작 나를 때 목장갑 껴. 손이 긁히잖아."

"누나, 고마워."

"겨우 목장갑 끼랬다고?"

"아니. 누나가 원하는 걸 해 줘서."

은형이가 피식 웃고 주방으로 들어갔다. 삼백이는 들마루로 내려와 권오복 할머니에게 멸치를 받아먹었다.

"우리 삼백이, 꼭꼭 씹어 먹어라, 잉. 목구녕에 안 걸리게 야물야물 잘 씹어 샘켜. 인자 눈도 펄펄 날릴 건디 그 집 담장이서 내려와야잖어? 내 집이로 오문 어뗘? 네가 쓸 방석 하나 맨들어 놨는디 겨울 동안 거기서 자. 그러다 봄 되문 너 살고 싶은 디서 살구. 어뗘?"

삼백이는 권오복 할머니의 말을 알아들은 걸까? 8시쯤 한의원 골목에 도착했을 때 삼백이 모습이 보이지 않았다. 정말로 가시가 있어서 오히려 편안했던 걸까? 찬바람이 불고 붉은 꽃이 말라 떨어지는 동안 가시도 시들었다. 푸른 잎사귀와 붉은 꽃잎과 쫄깃한 가시가 사라진 장미 넝쿨. 삼백이는 집을 비울 때가 되었다고 생각하고 있었던 걸까?

"꽃들이 다 갔네."

"난……."

은형이가 바스락거리는 빈 넝쿨을 보며 중얼거리듯 말했다.

"난 있지. 이 꽃들이 담장에 붉게 필 때면…… 우리 집이 활활 불타는 생각을 했어. 이 꽃처럼 붉게 타는 우리 집. 이 세상에서 가장 크고 화려하게 타오르는 꽃."

선웅이는 흠칫 놀랐다. 은형이가 꿈길을 서성이는 날이면 손에 쥐고 나오던 라이터가 떠올랐다.

"그러다 훨훨 재가 되어서 흔적도 없이 날려 버리는 꽃. 꽃이 되어서 이 집이 사라져 버리면 얼마나 좋을까. 그럼 아버지와 우린 헤어질 수 있겠지. 가족이란 이름으로 묶여 살면서 더 이상 서로를 괴롭히지 않는 날이 오겠지. 자주 그런 생각을 했어. 그런다고 이 집에서 살았던 기억까지 다 사라지는 건 아니겠지만."

은형이가 선웅이를 돌아보았다.

"우리 집이 불꽃이 되어 사라진다고 해도 재로 날려 버리고 싶지 않은 기억들도 있어. 엄마에 관한 모든 것. 저 마당에 찾아왔던 봄, 여름, 가을, 겨울. 여기 담장에 앉아서 울던 삼백이 소리. 그리고 네 말들."

네 말들? 은형이 앞에서는 언제나 더듬거나 우물거리거나 아예 말을 잃었던 기억밖에 없는 선웅이었다. 물론 자유롭게 말을 했던 때들이 있기는 했다. 은형이가 꿈길을 걸어 나오던 밤에는 말이 구슬 꿰듯 잘도 풀렸다. 하지만 은형이가 그 말들을 기억할 리는 없었다. 선웅이가 도란도란 말을 건네던 그 순간에 은형이는 꿈을 꾸는 중이었으니까. 선웅이가 한 말조차 꿈이라고 여길 만한 깊은 꿈속. 은형이는 더 말하지 않았다. 선웅이는 자기가 잘못 들은 거라고 여겼다.

"들어갈게."

가을바람을 타고 흐르는 별빛이 정수리 위에 쏟아졌다. 은형이가 회색 대문을 열고 말했다.

"내일 봐."

그 말은 선웅이 귀를 당나귀 귀처럼 쭉 잡아 늘리는 찬란한 약속이었다. 내일 봐. 은형이는 앞으로 나아가고 있었다. 불안하지만 환한 미래를 꿈꾸며 걷고 있었다. 그 속에 선웅이도 있었다.

"내일 봐, 누나."

선웅이는 떨리는 소리로 대답했다. 내일 봐. 밤새 열병에 걸려 들뜨게 할 약속이었다. 은형이 그림자를 따라 등하교를 하고 또 은형이 꿈길을 따라 오가며 가장 듣고 싶었던 말. 내일 봐. 내일 봐. 어쩌면 은형이도 알아본 건 아닐까. 골목을 서성이며 담장 너머를 지키느라 일곱 개의 목뼈가 기린처럼 늘어난 선웅이의 마음을. 그 오랜 시간을.

8.
강물 소리

선웅이는 한 시간째 버스 정류장 앞 핸드메이드 가게 앞에 서 눈치를 살피며 서 있었다. 원목 바탕에 붉은 글씨로 '따숩따 숩'이라고 박힌 가게 안은 털실로 짠 옷이며 모자, 양말, 목도 리 등이 가지런히 진열되어 있었다. 한쪽에서는 엄마와 비슷한 연령대의 직원 둘이서 카키색 목도리와 살구색 스웨터를 뜨고 있었다.

전날부터 선웅이가 점찍어 두고 보고 또 보고 있었던 것은 단풍처럼 붉은 벙어리장갑이었다. 유리 진열장 너머로 그 벙어 리장갑을 본 순간 선웅이 얼굴에 미소가 번졌다. 손뜨개질 위 에 노란색과 보라색 꽃이 손 자수로 박혀 있었다. 엄지손가락 과 손등은 붉은 털실로 손바닥은 진노랑 털실로 짠 앙증맞은

장갑이었다.

11월 28일은 은형이가 태어난 날이었다. 진따나 아주머니에게 은형이 생일을 물어보느라 이틀간 진땀을 뺐다. 친구가 되기는 했지만 그러자고 손도 모아서 파이팅도 했지만 은형이 앞에만 서면 심장이 제멋대로 뛰는 건 어쩔 수 없었다. 은형이에 관해서 묻는 것, 은형이에 관해서 듣는 것, 그 모든 일은 설레고 떨리는 과정이었다. 어색하고 부끄러운 마음을 누르고 은형이 생일을 알아낸 뒤에도 하루 하고도 반나절 동안 버스 정류장 앞 가게에서 또 발로 땅만 차고 있었다.

"학생, 뭐 필요한 거 있어요?"

핸드메이드 가게 문이 열리고 카키색 목도리를 뜨고 있던 직원이 물었다. 선웅이는 놀라서 두어 걸음 뒤로 물러섰다.

"있긴 한데."

"들어와서 봐요. 어제도 왔었지, 학생?"

선웅이는 뒷목까지 붉게 물든 채 대답을 못 했다. 직원이 문을 활짝 열었다.

"뭐가 부끄럽다고."

선웅이는 가게 안에 들어서자마자 점찍어 둔 벙어리장갑을 가리켰다.

"포장해 주세요."

"그렇게 급한데 어떻게 어제부터 지켜보고만 있었대?"

살구색 스웨터를 뜨고 있던 직원이 웃었다.

"여자 친구 거구나? 누군지 이 선물 받고 좋아하겠네."

카키색 목도리를 뜨던 직원이 벙어리장갑을 포장해서 건넸다. 선웅이는 급히 나오다 가게 문에 쿵 몸을 박았다. 인도로 내려서다가는 발목을 삐끗했다. 가게 주인들이 웃는 모습으로 괜찮으냐고 내다보았다. 선웅이는 앞을 향해 맹렬히 달렸다. 이제 백 보 정도 뛰는 것쯤이야 일도 아니었다. 부끄럽고 쑥스러운 마음을 숨기는 것 빼곤.

"애야, 이복규 할아버지 말이다. 어디 편찮으신 게냐?"

황인백 아저씨의 화실 앞을 지날 때였다.

"이상한 일이네. 어쩌 그 양반이 어제도 오늘도 안 보이나? 폐지 주우러 다니시는 모습도 안 보이고 꽃밥집 찬거리 구해 오시는 모습도 안 보이고."

그날 학교에서 만난 기수에게서는 별다른 말을 듣지 못했다. 기수가 결석했거나 수업 도중에 집으로 돌아갔다면 큰일이 생겼구나 싶었겠지만 그것도 아니었다. 황인백 아저씨는 잠깐 사이를 두었다 말했다.

"오늘 새벽 꿈자리가 하도 뒤숭숭해서 말이다."

선웅이 대답을 기대하고 하는 말 같지는 않았다. 팔짱을 끼고 생각에 잠긴 채 중얼거리는 소리였다.

"새벽꿈에 그 양반이 좀 끔찍한 모습으로 오셨지 뭐냐. 당신 초상화를 찾으러 왔다면서 내 화실로 쑥 들어오는데 머리가 없어. 어이구."

황인백 아저씨는 소름이 끼치는지 몸을 썩썩 비볐다.

"너무 무서워서 죽을 것 같더라고. 발발 떨면서 어떻게 오셨느냐고 물으니까 화실에 있는 당신 머리를 찾으러 왔다는 거야. 나한테 불쑥 다가오는데, 어이구."

황인백 아저씨는 오줌이라도 지린 것처럼 진저리를 쳤다.

"목만 있는 그 할아버지를 밀쳐 내다 꿈이 깼지 뭐냐. 꿈이 하도 생생해서 깨어나서도 한동안 몸을 못 움직였다."

그 꿈에 어지간히 놀란 모양이었다. 과묵하기만 하던 그 입에서 새끼줄 꼬듯 긴 이야기가 풀려 나오는 걸 보면.

"어찌나 뒤숭숭한 기분인지. 꿈은 꿈이겠거니 했는데 마침 그 어르신이 안 보이고 하니 좀 궁금해서 말이다. 어휴, 그 양반이 나한테 맺힌 게 있긴 한가 보다."

선웅이를 힐끔 보고는.

"그날 이후로 말이다."

선웅이는 조심스럽게 말을 꺼냈다.

"좀 그려 주시면 안 돼요……? 할아버지 얼굴요."

"그게 말이다, 참."

황인백 아저씨는 한숨을 쏟았다.

"어차피 그 양반의 기구한 사연을 들었으니 붓 가는 대로 그려 주면 좋겠지. 초상화를 그리는 내가 그걸 왜 못하겠어. 하지만 내 맘이 그러길 거부해. 내 의식대로 그리는 건 그분의 진짜 얼굴이 아니니까. 그 양반이 그토록 만나고 싶어 하는 그 청년의 모습이 아니니까. 어디까지나 내가 조합해 놓는 눈, 코, 입이 되겠지. 가짜 얼굴을 그려 놓고 싶지 않아서 그랬어. 그분 사정을 알면서도 마다했던 건 그래서야."

황인백 아저씨는 그동안의 괴로웠던 마음을 풀어놓으려는 듯했다. 쌀쌀한 바람이 불었다. 땅에 떨어진 플라타너스잎들이 뒤집힌 채 굴러다녔다. 앙상한 갈비뼈를 드러내기 시작한 나무에서도 갈색 잎이 떨어졌다. 저녁 어스름이 지고 있었다. 선웅이는 코트 단추를 채웠다. 꽃밥집에 들렀다가 집으로 가자고 마음먹었다.

"그런데 그 할아버지한테 젊은 아들이 있었니?"

"모르겠는데요."

"꿈에 웬 젊은이랑 같이 왔기에 혹시나 해서 말이다."

"제가 지금 할아버지네 들러 볼게요."

"고맙구나."

바람이 등을 밀었다. 몇 걸음 걷다 돌아보니 황인백 아저씨는 여전히 생각에 빠진 채 문 앞에 서 있었다.

낯익은 노숙인 몇이 선웅이보다 앞서 꽃밥집 골목으로 들어서고 있었다. 노숙인들은 싸늘한 바람을 피하느라 몸을 둥글게 말고 걸었다. 꽃밥집에 노랗게 불이 들어와 있었다. 삼백이는 담장 위에서 입맛을 다셨다. 포만감이 도는 얼굴이었다.

꽃밥집에서는 따뜻한 저녁 한 끼를 위해 찾아온 노숙인들로 붐볐다. 봉사단 사람들이 모락모락 김이 나는 밥과 국을 퍼 주었다. 선웅이와 같이 들어온 노숙인들이 먼저 밥을 먹고 있던 사람들에게 물었다.

"편찮으시다더니 오늘도 안 나오셨나?"

"여봐요. 어르신 못 보셨소?"

"못 뵈었소. 어제처럼 아예 얼굴도 안 비치시더이다. 어디가 어떻게 안 좋으신 건가."

밥을 먹으러 온 사람들이 웅성거렸다. 이상했다. 기수도 보이지 않았다. 꽃밥집 문을 연 뒤로 단 하루도 일을 거른 적이 없었던 이복규 할아버지였다. 누군가 두런대는 소리가 들렸다.

"젠장, 여기도 쌀자루가 바닥나서 문 닫는 거 아냐? 그동안 잘 얻어먹었는데."

"내일부터는 자운동으로 가 보자고. 거기도 무료 급식소가 있다는데."

선웅이랑 함께 들어온 노숙인이 그들을 향해 툭 쏘았다.

"쌀자루가 문제요? 어르신이 편찮으시다는데 그 무슨. 기껏 따순 밥 해 먹었더니 뒤로 내뺄 궁리부터 하는 거요?"

"내빼긴 누가 내뺀다는 거요? 여기 상황이 그런 거면 어쩔 수 없다 그 소리지. 우리 같은 길바닥 인생이야 아궁이 불 꺼지면 바로 떠나야지. 뭐 별수 있소?"

"말은 바로, 생각은 곱게 하고 삽시다. 내 이 어르신께서 차려 주신 꽃밥을 7년째 먹고 지냈지만 어느 한때 어느 한 번 허투루 음식을 내놓으신 적이 없소. 길에서 굶다 온 사람들이라고 대충 밥 지어서 내주고 했던 분이 아니란 얘기요. 갈 때 가더라도 인사는 드리고 가시오."

선웅이는 기수네 집으로 걸음을 옮겼다. 삼백이가 담장을 따라 골목을 함께 나오다 어둠 속으로 사라졌다. 기수네 집을 찾아가는 건 처음이었다. 엄마와 재래시장 골목에서 장을 보다 기수가 들어가고 나오는 집을 보기만 했을 뿐이었다. 살구나무 인지 벚나무인지 마른 잎이 우수수 지는 나무가 대문간을 지키는 집 앞에 섰다. 애잔한 울음소리가 담장 너머에서 들렸다.

"아이고, 오라버니…… 아이고……."

대문이 활짝 열려 있었다. 마당에 불이 환하게 들어와 있었다. 대청 문도 열려 있었는데 곡소리는 거기서 울렸다. 활짝 열린 방 안에서 서럽게 우는 할머니가 보였다. 선웅이는 멈칫 멈칫 마당으로 들어섰다. 기수네로 이어진 골목이 갑자기 소란 해졌다. 양푼 순대국밥집 아줌마며 건어물 가게 주인이며 재래 시장 골목 사람들이 몰려왔다.

"어르신께서 세상을 뜨셨다니. 갑자기 무슨 일이래."

"이미 점심 무렵부터 의식이 없으셨대요."

사람들이 마당으로 들어섰다. 선웅이는 놀란 눈으로 방 안 을 들여다보았다. 누군가 선웅이 어깨에 손을 올렸다. 아버지 였다.

"아버지, 기수네 할아버지가."

"연락받고 오는 길이다. 어르신께서 운명하셨다는구나."

"정말요? 아버지, 정말로 할아버지가 돌아가셨다고요?"

아버지는 말없이 고개를 끄덕였다. 하늘을 보았다. 새파란 별들이 박혀 있었다. 기수를 찾았다. 기수는 어디에 있는 걸 까. 내가 잘못 들은 건 아닐까. 선웅이는 다시 별들을 보았다. 어젯밤에도 보았던 별들이 저렇게 반짝이고 있는데. 골목에 바람이 불었다. 살구나무인지 벚나무인지 달고 있던 메마른 나뭇잎을 우수수 털어 냈다.

"며칠 전 감기 기운으로 한의원에 들르셨을 때만 해도 금방 일어나실 줄 알았는데. 감기가 바로 폐렴으로 번졌다는구나. 집에서 떠나고 싶으시다는 유언을 하셔서 저녁에 병원에서 이리 모셨다는데. 허망하구나, 참."

이상한 기분이었다. 마치 그 몇 분의 시간이 몇 년을 산 것처럼 길고도 길었다. 기수를 찾았다. 보이지 않았다. 밤하늘을 올려다보았다. 정말일까? 기수네 할아버지가 돌아가셨다는 게? 사람이 세상을 떠난다는 게 어떤 의미일까? 저렇게 별들이 반짝이는데 사람이 떠난다는 건 어떤 뜻일까? 울컥 눈물이 넘어왔다. 그럼 이복규 할아버지도 별이 되는 걸까?

"할아버지는 덕을 많이 쌓으셔서 좋은 곳으로 가실 거다."

아버지가 선웅이 등을 따뜻하게 쓸어 주고 안으로 들어갔다. 골목을 뛰어오는 소리가 들렸다. 은형이가 놀란 얼굴로 들어섰다. 별처럼 은형이 눈동자도 바들바들 떨렸다.

"정말이래?"

선웅이는 손등으로 눈물을 닦았다. 은형이는 손바닥으로 얼굴을 가렸다.

"아이고! 아이고!"

방 안에서 흘러나오는 곡소리가 구슬펐다. 아버지가 대청에서 선웅이에게 뒷마당 쪽을 가리켰다. 기수가 그쪽에 있다는 말 같았다. 두 사람은 마른 나뭇잎을 맞으며 뒷마당으로 갔다.

이복규 할아버지가 주워다 쌓아 놓은 폐지 더미 아래 낡은 리어카가 보였다. 그 너머에서 흐느끼는 소리가 났다.

"이기수……."

기수의 어깨 위로 별빛이 무너졌다. 그 애도 열다섯 살이었다. 별빛이 무거운 듯 움츠린 어깨. 그 애에게도 낯설고 두려운 것이었다. 죽음이라는 것은. 히어로 게임 속의 전사 같던 그 아이도 고작 열다섯 살이 맞았다. 손수레에 기대 앉아 꺼욱꺼욱 울고 있는 것을 보면. 별과 기수 사이의 공간이 슬픔으로 꽉 차올랐다.

기수의 책상 너머 11월 하늘은 잿빛. 금방이라도 한바탕 눈이 쏟아질 것처럼 음울한 하늘이었다. 기수 책상을 건너다보는 선웅이 마음은 한없이 허전했다. 기수가 없는 창가의 빈자리는 썰렁했다. 교실 한쪽이 기우뚱 기우는 느낌이었다. 라일락과 단풍나무가 번갈아 피는 그쪽 창가에서 기수가 균형을 잡고 앉아 있었던 게 분명했다.

아침에 본 기수의 눈은 퉁퉁 부어 있었다. 날렵한 콧대도 보이지 않았다. 바람 든 풍선처럼 코가 부어 있었다. 밤새 얼마나 울었는지 목도 잠겨 있었다. 키도 10센티미터는 줄어 보였다. 살도 10킬로그램쯤 빠져 보였고. 날렵하고 각진 턱 선도 허물어져 있었다. 돌려 차기가 주특기인 발도, 짧게 훅 치고 빠지는 것으로 승부를 내곤 했던 주먹도 힘이 빠져 있었다.

"가."

걱정 말고 학교에 가. 선웅이와 은형이는 그 말을 알아들었다. 알고는 있어도 발길을 돌리지 못했다.

"같이 있어 줄 수 있어. 친구잖아, 우리."

은형이 말에 기수는 잠긴 소리로 대답했다.

"알아. 가."

고마워. 그 마음은 충분히 이해해. 하지만 걱정 말고 학교에 가. 기수가 건넨 말을 두 사람은 알아들었다. 버스에 타서도 시무룩했다. 슬픔을 공감한다는 것. 슬픔을 이해하며 살아가야 한다는 것. 열다섯 살이 받아들이기에 너무 이른 걸까? 그건 아닐 것이다. 태어난 순간부터 소중한 관계와 이별하는 슬픔을 겪는 존재들도 많으니까. 그 슬픔의 근원이 되는 현상에 대처할 힘이 없다는 게 오히려 버거운 건 아닐까? 죽음이란 것은 열다섯 살이 이해하기에는 너무 극단적이고 추상적이고 불안한 대상이니까.

"이 세상은 불공평해."

은형이가 버스 유리창 너머에 눈을 둔 채 차갑게 말했다.

"아빠 같은 사람은 안 죽고."

"누나!"

"네 살 때 처음 날 때렸어. 자기가 마시던 소주병을 엎질렀다고. 입술이 터지고 눈 끝이 찢어졌어. 인형 놀이 하다 그런 건데."

은형이 눈에 독기가 서렸다.

"어쩌면 훨씬 그전부터 맞았을지도 몰라. 만약에 기억을 볼 수 있는 거울 같은 게 있다면 엄마가 임신했을 때부터 맞았던 게 보일걸? 그 순간부터 꿈꾸던 걸 거야. 매일같이. 죽었으면 좋겠다. 정말 죽었으면 좋겠어. 아빠란 인간."

말이란 것이 이렇게 답답한 것이었나? 어떤 위로나 위안으로도 마땅한 말이 떠오르지 않았다. 위로나 위안이라는 감정만 머릿속에 살아 있을 뿐 적당한 말이 없었다.

"엄마는 술 때문이라고 이해하래. 아빠도 괴로워서 술을 마시는 거야. 우린 가족이잖아. 우리라도 아빠를 이해해야 돼. 아빠를 불쌍하게 생각해야 돼. 우리가 조금만 참으면 되는 거야. 엄마는 늘 그 말을 하면서 살았어. 모르겠어. 아빠를 왜 불쌍하게 생각해야 하는 건지. 술에 취해서 자기 가족을 괴롭히기나 하면서 사는 사람인데. 일자리 한 번 제대로 가져 본 적 없고 우리 생일 한 번 챙겨 준 적 없는 사람인데."

버스가 심하게 흔들렸다. 선웅이가 은형이 몸이 밀리는 것을 막았다. 운전기사 아저씨가 오토바이 기사에게 차선을 지키라고 소리 질렀다.

"엄마한테 우리끼리 도망가서 살자고 계속 말했어. 그럼 아빠는 어떡하고? 엄마는 마치 아빠란 족쇄를 찬 사람처럼 그렇게 물었어. 떼어 버리면 되지. 떼어 버리고 우리끼리 살자. 아무리 졸라도 엄마는 고개를 저었어. 우리마저 떠나면 정말 혼자가 된다고. 고아로 태어난 사람인데 얼마나 불쌍하냐고."

선웅이는 늘 어두운 표정으로 움직이고 말하던 진따나 아주머니가 떠올랐다. 가끔 선웅이가 리모컨을 거실 바닥에 떨어뜨

리거나 문소리를 크게 낼 때 화들짝 놀라 돌아서곤 했다. 엄마
가 조금이라도 목소리를 높여 말하면 기죽은 자세로 어찌할 바
몰라 했다. 아버지가 한 달간 고생했다고 한약이라도 한 재 지
어서 건네면 허리를 바닥에 닿도록 숙였다. 진따나 아주머니가
불안하고 두렵고 초조한 시간을 살면서 지키고 싶었던 것은 가
족이라는 이름이었다.

"가족이란 게 뭐라고. 그딴 게 무슨 가족이라고. 난 고등학
교를 졸업하면 바로 집을 떠날 거야. 거지 같은 아빠도 싫고,
아빠한테 매여서 쩔쩔매고 사는 엄마도 짜증 나."

선웅이 생각에 그 순간 말이란 것이야말로 거지 같고 짜증
나는 것이었다. 어쩌면 그렇게도 은형이 마음을 헤아려 줄 말
이 없단 말인가. 더군다나 은형이가 고등학교를 졸업하면 집을
떠난다고 하지 않는가. 그 말은 배화동을 떠난다는 것이고 선
웅이 시야 안에서 멀어진다는 소리였다. 그 말에 놀라고 당황
한 마음을 담은 말이 확 터져서 더 이상 은형이가 불안한 현재
와 미래에 대해 걱정하지 않도록 할 수 있다면 얼마나 좋을까.

"기수네 할아버지 얼굴 본 사람? 완전 괴물이야. 눈, 코, 입
이 아예 없어. 달걀처럼 아무것도. 말할 때 보면 입 속에서 혀
가 날름거린다니까. 뱀처럼. 그거 보고 얼마나 소름끼친 줄 아
냐?"

그런 답답한 마음은 이호 녀석이 넘지 말아야 할 선을 넘었
을 때 비로소 터졌다. 이호 녀석은 기수 책상에 거들먹거리고
앉아 떠들었다.

"사람이 아니라니까. 그래서 그렇게 변장하고 살았던 거야. 기수 그 새끼, 그게 탄로 날까 봐 폼 재고 다녔던 거고."

선웅이는 자리에서 일어나 이호에게 또박또박 말했다.

"거긴 네 자리도 아니고, 기수 할아버지 이야긴 더더욱 네가 할 얘기는 아니지."

이호 녀석의 눈꼬리가 쭉 찢어졌다.

"어쭈, 나한테 개기는 거냐? 뚱보야, 그래서 어쩌라고?"

선웅이는 진심으로 분노했다. 이호를 노려보다 내뱉었다.

"주둥이 닥치고 네 자리로 가 처박혀."

선웅이 입에서 거친 소리가 나오자 교실에 소란이 일었다.

"저 돼지 새끼가!"

이호가 소리 지르자 은형이가 의자를 밀고 일어섰다.

"같은 반 친구 할아버지야. 돌아가신 분께 예의 지켜."

"친구? 누가 친군데? 내가 언제 그런 새끼를 친구로 뒀다고 그러냐, 튀기야."

은형이는 매서운 눈으로 이호에게 걸어갔다.

"두 번 다시 그 소리 하지 마. 마지막 경고야."

이호 녀석이 피식 웃었다.

"네가 하지 말란다고 안 하고, 네가 하란다고 하냐? 내 맘이지, 이 깜깜이 튀기야."

은형이가 책상을 이호 몸 앞으로 밀었다. 이호는 엉겁결에 뒤편의 사물함까지 의자에 앉은 채 밀려났고 꼼짝없이 책상에 갇혀 옴짝달싹 못 하는 처지가 되었다.

"못생긴 년아. 죽고 싶냐? 죽고 싶냐고 튀기야!"

은형이 손이 위로 올라가는가 싶더니 이호 녀석이 어깨를 잡고 비명을 질렀다.

"돌았냐, 너?"

볼펜 심이 어깨에 박힌 이호가 비명을 질렀다. 태수가 자리에서 일어나는 것을 본 은형이는 그 녀석의 어깨에도 볼펜 심을 박았다. 태수 놈도 비명을 질렀다. 뒷자리에 앉아 있던 윤기 녀석이 엉덩이를 들려고 하자 은형이가 볼펜을 획 위로 올렸다. 녀석은 그 동작만으로도 겁을 집어먹었다.

"튀기야!"

이호 녀석이 주먹을 쥐고 일어서려고 했다. 은형이 행동이 더 빠르고 무서웠다.

"으아악!"

은형이가 이호 녀석의 어깨를 한 번 더 볼펜 심으로 찍었다. 그리고 오른쪽 귀를 물고 늘어졌다.

"으아아, 놔! 놔!"

교실에 이호의 비명이 울렸다. 선웅이는 은형이에게 달려갔다.

"누나, 그만해. 이 새끼도 알아들었을 거야. 누나, 그만해."

"놔, 놔. 잘못했어. 잘못했다고. 으아아. 잘못했단 말이야. 제발 놔줘."

은형이는 사냥개처럼 녀석의 귀를 물고 늘어졌다. 엉엉. 이호 녀석이 울음을 터뜨렸다. 얼마나 아픈지 눈물 콧물이 범벅

이 되어 쏟아졌다.

"잘못했어! 살려 줘! 살려 달라고!"

은형이는 그때서야 이호한테서 떨어졌다. 이호는 일곱 살 아이처럼 귀를 잡고 교실 바닥을 굴렀다. 피가 나거나 하지는 않았다. 이호는 서럽게 엉엉 울어 댔다.

"약, 약 타 올게."

태수 녀석은 이호 녀석을 핑계 삼아 교실 밖으로 달아났다. 윤기 놈은 잘도 뱉던 침마저 말라붙었는지 겁먹은 눈동자만 데룩데룩 굴렸다.

"닥쳐. 시끄럽다고!"

은형이가 소리치자 이호 녀석은 울음소리를 낮추었다.

"또 그랬다간 정말 네 귀때기 잘라 놓을 거야."

이호 녀석이 흐느끼며 잠자코 들었다.

"모르나 본데 튀기란 말은 국어사전에도 나와. 인종이 다른 두 사람 사이에서 태어난 아이. 다른 말로 혼혈아. 네놈 맘대로 갖고 놀라고 있는 말이 아니라고."

선웅이 눈이 커졌다. 은형이가 이호 녀석에게 일갈하는 그 소리는! 지난 초여름 밤 꿈길에 선웅이가 은형이에게 했던 말이었다.

"어디서 갑자기 튀어나온 괴물을 가리키는 말이 아니야. 네 말처럼 너무 튀겨져서 보기 흉한 사람을 가리키는 것도 아니야. 상처 주는 말이 아니라고."

교실에 정적이 감돌았다. 이호 녀석의 흐느낌도 더 이상 들리지 않았다. 선웅이가 나서서 나지막하게 말했다.

"은형이 누나 말이 맞아. 어느 누구도 다른 사람을 짓밟을
수 없어. 아프게 할 수도 없고. 사과해."

검은 옷을 입은 기수가 문상 온 사람들에게 허리를 숙였다.
초췌한 얼굴이었다. 멀리서 봐도 슬픔이 가득한 기수의 얼굴이
었다.

"얘."

누군가 선웅이 어깨에 손을 올렸다.

"여기가 이복규 할아버지 댁이냐?"

황인백 아저씨였다.

"내가 좀 늦었구나."

황인백 아저씨는 착잡한 표정으로 대문에 걸린 노란 등을
바라보았다.

"네 친구 말이다. 꽃밥집 할아버지 손자 되는."

"기수요?"

"그래. 그 애 좀 불러 주겠니?"

선웅이는 조심스럽게 대청으로 올라섰다. 문상 온 사람들
틈을 지나 기수가 있는 곳으로 갔다. 새 문상객이 왔나 고개를
돌린 기수의 얼굴이 가까이에서 보니 더 수척했다.

"황인백 아저씨가 널 만나고 싶대."

기수가 마당에 서 있는 황인백 아저씨를 내다보았다. 머리
가 희끗한 할머니가 먼저 밖으로 나갔다. 황인백 아저씨가 그

아주머니를 향해 허리를 숙였다.

"기수 고모할머니입니다만 뉘신지?"

황인백 아저씨는 머뭇거리며 옆구리에 끼고 있던 것을 내밀었다.

"할아버님 영정입니다."

"우리 오라버니요?"

그 소리에 사람들이 황인백 아저씨 곁으로 모였다. 황인백 아저씨는 침통한 표정으로 말했다.

"지난 이틀 동안 이복규 할아버님께서 제 꿈에 다녀가셨습니다. 생전 모습을 좀 그려 달라시면서. 오늘 새벽에야 비로소 할아버님의 생전 모습을 알아볼 수 있었습니다. 젊은 모습으로 오셨더라고요. 전날 밤 꿈엔 그분이 할아버님의 자제분인 줄 알았는데 바로 당신 모습이었습니다. 스무 살 적 모습 그대로 오셔서는 원 좀 풀어 달라고……."

기수네 고모할머니가 떨리는 손으로 백지를 뜯었다. 세밀한 연필 초상화가 불빛에 나타났다. 말끔하게 올려 빗은 머리. 반듯한 이마. 시원하게 위로 향한 눈꼬리. 그만큼 예리한 콧날. 곧은 인중 아래 단정한 입. 야무진 턱 선. 그리고 나비처럼 붙은 두 귀.

"오라버니……."

기수네 고모할머니가 초상화를 부여안고 흐느꼈다.

"기억나요. 맞아요. 바로 이 얼굴이었어요."

그 소리에 황인백 아저씨는 눈가에 맺힌 물방울을 훔쳤다.

"오라버니, 마침내 보시네요. 젊어서의 모습을 그토록 보고 싶어 하시더니. 원 풀고 가시네요. 오라버니."

모두들 숙연했다. 기수네 고모할머니가 젖은 눈으로 황인백 아저씨를 보았다.

"고맙습니다. 우리 오라버니 원을 풀어 주셔서."

기수가 영정을 올렸다. 황인백 아저씨는 묵묵히 그 앞에 절을 했다.

"어르신, 늦어서 죄송합니다. 죄송합니다."

황인백 아저씨는 영정 앞에 서서 울먹였다. 향 연기가 바람을 타고 허공으로 날아올랐다. 사람들의 정수리 위로 부옇게 날아올랐다. 사람들의 콧구멍 속으로 조용히 스며드는 향내. 말이 필요 없는 순간이었다.

"할머니, 누가 또 오셨어요."

은형이가 바깥을 가리켰다.

"여기가 꽃밥집 할아버지 댁입니까?"

하얀 국화꽃을 한 송이씩 안은 사람들이 마당으로 들어왔다. 눈에 익은 얼굴들이었다. 꽃밥집으로 밥을 먹으러 오던 사람들이었다. 그들은 숙연하게 영정 앞에 꽃을 올렸다.

"우리한테 따뜻한 꽃밥을 지어 주신 어르신인데 쓸쓸하게 보내 드릴 뻔 했어요."

"남루한 우리 인생에 따뜻한 밥을 대접해 주셨던 분인데 이렇게 갑자기……."

"부디 좋은 곳으로 가시길 바랍니다, 어르신. 고맙습니다."

할아버지가 떠나는 길은 외롭거나 쓸쓸하지 않을 것 같았다. 그들의 낡은 신발과 때 낀 옷이 무슨 상관이란 말인가. 냄새가 난들 무슨 상관이란 말인가. 그들이 온 것만으로도 이복규 할아버지의 영혼은 행복하게 웃고 있을 텐데.

"꽃같이 달고 꽃같이 귀하고 꽃같이 고마운 밥 잘 먹었습니다. 어르신도 꽃길 따라서 편히 가세요."

여기저기서 콧물 훌쩍이는 소리가 났다. 기수의 어깨가 조용히 흔들렸다. 선웅이는 가만히 기수의 어깨를 잡았다. 기수가 돌아보았다. 늘 차갑기만 했던 그 아이의 눈에 강물이 흘렀다. 절렁절렁 깊은 강물 소리가 났다. 선웅이 눈에서도 강물 소리가 났다. 기수가 조용히 선웅이 어깨에 손을 올렸다. 서로의 마음에서 흐르는 강물 소리. 문득 고요해지는 순간이었다.

9.
눈꽃
불꽃

새벽 6시, 이복규 할아버지는 스무 살 때의 새파란 모습으로 배화동 골목을 떠났다. 선웅이는 골목에 서서 이복규 할아버지를 배웅했다. 영구차가 골목을 빠져나갔다. 껄껄껄, 골목에 울리는 시원한 웃음소리. 이복규 할아버지의 웃음소리. 집 앞 전깃줄에 걸려 펄럭이던 연의 웃음소리와 닮았다.

"엄마, 기수네 할아버지 좋은 데 가시겠지?"

"그렇겠지."

"좋은 일 많이 하셨잖아."

"하셨고말고."

"이제 꽃밥집은 문 닫는 건가?"

"아니. 양푼 순대국밥집 아줌마가 맡아서 한다고 들었어. 꽃밥집 할아버지한테 마음으로 받은 게 많다고. 어떻게 문을 닫냐고."

성에 낀 버스 창문 너머로 아침 풍경이 지나갔다. 빠른 걸음걸이로 걷는 사람들, 바람이 들어올세라 옷깃을 잔뜩 여민 채 걸음을 재촉했다. 앙상한 나뭇가지마다 이슬이 반짝였다. 누군가 창문을 반 뼘쯤 열어 두었다. 코끝을 알싸하게 하는 아침 바람에 누군가 재채기를 하자 문이 닫혔다.

"누나, 아침에 기수가 전화했어."

은형이가 궁금한 눈으로 돌아보았다.

"내일부터 고모할머니 집에서 학교 다닐 거래. 오늘 장례식장에서 돌아오면 바로 짐 옮길 거래. 그러니까 우리한테 거기 빈집에 와서 자기 찾지 말라고."

버스가 설 때마다 더욱 많은 사람들이 올라탔다. 선웅이와 은형이는 사람들에게 밀려 버스 뒤편으로 갔다. 창문이 성에로 꽉 막혀 있었다. 선웅이는 손바닥으로 썩썩 성에를 닦았다. 은형이가 그리로 창밖을 내다보며 말했다.

"잘됐다. 혼자 돼서 어쩌나 싶었는데. 거긴 멀대?"

"여기서 네 정거장 거리래. 방학 때 그 동네에 있는 도서관에서 같이 공부하자는데?"

학교 교문 앞에도 서리가 부옇게 깔려 있었다. 두 사람은 서리를 밟으며 걸었다. 이호 녀석들이 앞서 걷다 은형이를 보곤 움찔 놀란 기색으로 비켜섰다. 은형이는 눈길조차 주지 않고 꼿꼿하게 걸었다. 멋있다! 선웅이는 은형이가 멋져 보였다. 껄껄껄, 잘하고 있다고 이복규 할아버지가 머리맡에서 웃는 것 같았다.

초침이 돌아갔다. 분침도 부지런히 돌아갔다. 해는 하늘을 타고 돌아가고 있고. 모래알 같은 시간이 모이고 모여서 10시 27분. 이복규 할아버지는 지금쯤 저 하늘을 날고 있을까. 그 몸을 한 줌 재로 바꾸어 훨훨 날고 있겠지.

선웅이는 기수가 배화동을 떠난다니까 벌써부터 허전했다. 원치 않는 변화였다. 그러나 변화는 지금 이 순간에도 계속되고 있었다. 겨울이 가면 봄이 오고, 꽃이 피면 지는 때가 있고, 이복규 할아버지처럼 몸을 벗으면 영혼으로 거듭나는 순간도 있다. 저렇게 제자리에 얌전히 앉아 은형이를 힐끔대는 이호 녀석도 그런 변화는 원하던 것이 아니었겠지. 그러니 버스를 타고 네 정거장쯤 멀어지는 기수와의 거리야 아무것도 아니었다.

11시 33분. 이복규 할아버지의 육신은 이제 완전히 재로 변했을 것이다. 영혼으로 살아남아서 대기권쯤 날아오르고 있지 않을까? 할아버지의 영혼이 가볍게 날아오를수록 기수와의 거리는 멀어질 것이다. 할아버지와 헤어지는 기수의 열다섯 인생이 슬프지만은 않다. 이렇게 불현듯 다가오는 이별처럼 원하지 않는 변화도 있지만 스스로 원해서 일어나는 변화도 무궁무진하기 때문이다. 기수는 자기의 꿈에 대해서 한 번도 말한 적은 없지만 열다섯 인생에서 어떻게 도약할지 잘 알고 있을 것이다. 이복규 할아버지를 통해 어떻게 살아야 하는 것이 인생인지 열다섯 이전부터 배우며 살았으니까.

선웅이는 은형이를 보았다. 이호 녀석들이 책상을 내버려둔 덕분에 은형이를 옆에서 볼 수 있었다. 언제나처럼 조용히 책을 읽는 은형이. 며칠 전부터 E. H. 카의 『역사란 무엇인가』를 읽기 시작했다. 책 제목대로 역사란 무엇일까? 열다섯 인생도 역사가 될 수 있을까? 그것은 꿈일까? 과거를 말하는 걸까? 현재를 가리키는 걸까? 아니면 미래까지 포함한 사고일까? 과거와 현재와 미래를 예측하는 게 역사일까? 또 그것은 공간일까? 시간일까? 이복규 할아버지가 날아가고 있는 우주도 역사의 일부일까?

분명한 것은 무언가를 하고 있다는 것이었다. 은형이는 책을 읽고 있고 선웅이는 생각을 하고 있고 기수는 장례식장에서 또 다른 시간으로 거듭날 변화를 꿈꾸고 있었다. 거창하고 위대한 역사까지는 몰라도 각자 팝콘처럼 터지는 시간을 살며 세 사람 모두 제법 근사한 열다섯 인생을 살고 있다는 생각이 들었다.

"잔디가 언제 저렇게 시들었지?"

점심시간에 은형이가 교정을 걷다 문득 물었다.

"잔디가 저렇게 누렇게 뜬 낯으로 사는 데는 다 그만한 사연이 있어서가 아닐까? 혹한의 시간이라서가 아니라. 때를 따르는 순리라서가 아니라."

은형이가 선웅이 말에 귀를 기울였다.

"잔디는 그래 보여. 처음부터 혼자서는 살 수 없도록 태어난 존재들 같아. 서로 틱틱 발톱 부딪치는 소리를 들으며 촘촘히 당겨 앉아서, 앞과 뒤와 옆의 삶이 오늘도 무사한지 위로하자고 맞잡은 손, 그게 잔디밭 아닐까."

선웅이 입에서 입김이 부옇게 샜다.

"잔디끼리 맞잡은 손이 많아질수록 그 영토는 굳건해지고 넓어지겠지. 그런데 한편으론 두렵지 않을까? 처음부터 혼자서는 살 수 없도록 태어났으니까."

"처음부터 혼자서는 살 수 없도록……."

"그래서 피가 돌지 않을 만큼 서로를 잡아 비틀고 겨울을 나는 걸 거야. 추워서가 아니라 저마다의 두려움을 잊기 위해서 숨 막히도록 부둥켜안고 사는 거야. 봄볕 활활 타는 날 몸이 파래지는 것도 무리는 아닐 거야. 이렇게 살갗이 패이도록 쥐고 살았던 손들이니 피멍이 들 수밖에 없지 않을까? 봄이 왔대서가 아니라 그저 멍든 낯이 보이기 시작했을 뿐이지."

은형이가 가만히 고개를 끄덕였다.

"서로의 고통을 감싸 쥐고 사느라 지금 이 순간도 저 잔디들은 듣고 있을 거야. 서로의 발톱이 틱틱 부딪치는 소리."

"사람도 그럴까? 서로의 고통을 감싸 쥐고 사느라 어쩔 수 없이 발톱 부딪치며 함께 사는 걸까?"

굳이 선웅이에게 묻는 말 같지는 않았다. 어쩌면 자신에게 하는 말인지도 몰랐다.

"현선웅, 이다음에 복숭아씨가 되고 싶댔지?"

선웅이는 귓불이 빨개졌다. 한여름에 선웅이가 부끄럽게 소망하던 꿈을 은형이가 기억하고 있었다.

"그때 생각했어. 얜 참 맑다. 복숭아를 먹다가 복숭아씨를 꿈꾸다니."

더듬더듬. 선웅이는 또 마땅한 말이 없어 답답했다. 좀 전까지는 잘도 풀려 나오더니.

"난 그때 복숭아를 먹으면서도 우리 집을 노려보고 있었거든. 죽도록 싫은 아빠가 있는 집. 아득아득, 복숭아에서 이 갈리는 소리만 나던데."

이런 때는 스무 살이었으면 좋겠다. 영혼이 아픈 사람을 위해 어깨를 빌려주는 용기를 내도 누가 뭐랄 사람이 없으니까. 그 슬픈 영혼을 가슴에 안고 토닥토닥 등을 두드려 줄 수 있을 테니까. 은형이의 막막한 슬픔을 위로하기에 열다섯 나이는 너무 어린 것도 같았다.

"넌 또 말했어. 이다음에……."

은형이가 선웅이 눈동자를 응시했다.

"네 말이 주저리주저리 익으면 동화 쓰는 사람이 될 거라고."

은형이 얼굴에 미소가 번졌다.

"네 말은 예전부터 잘 익어 있었어. 너무 잘 익어서…… 들을 때마다 행복했어."

선웅이를 바라보는 그 눈. 고요하고 따뜻했다.

"너도 기억나는 꿈들이 있잖아. 자고 일어나면. 나도 그래."

"은형이 누나."

"선명히 기억나는 꿈들이 있어."

은형이가 조용히 덧붙였다.

"분홍 달팽이 얘기처럼."

"누나!"

"슬픔도 지나가면 향기가 난다는 말. 분홍 달팽이가 했던 그 말. 정말 행복했어. 어쩌면 나도 행복해질 수 있을 거란 희망이 생겼거든. 지금 이 겨울이 모두 지나면."

은형이는 싱긋 웃어 보이고 현관으로 들어갔다.

"은형이 누나!"

갑자기 눈앞이 부옇게 번졌다. 선웅이는 감격해서 말을 잇지 못했다. 축축한 물방울이 눈가에 스몄다. 은형이는 기억하고 있었다. 선웅이가 꿈길에 들려주었던 말들을. 그건 꿈길에 본 선웅이를 기억한다는 말. 선웅이가 했던 모든 말과 행동을 기억한다는 뜻이었다.

한편으로는 겁이 나기도 했었다. 작년 봄부터 시작된 은형이의 꿈길에 따라 나서며 무슨 큰 잘못을 저지르는 건 아닌가 걱정도 되었다. 봄비가 한 차례 지나고 장미꽃 봉우리가 터지기 시작할 무렵의 밤이었다. 엄마 몰래 게임을 하다 보니 새벽 시간이었다. 전등 스위치를 내리고 눕는 순간 삐이걱 낯익은 소리가 울렸다. 은형이가 등교하는 시간마다 회색 대문에서 울리는 소리였다. 선웅이는 번개같이 창가에 섰다.

그때 처음 보았다. 회색 대문을 밀고 나왔지만 골목에서 길을 잃고 서성이는 은형이 모습을. 골목엔 가로등 그림자뿐이었다. 새벽 2시 8분. 선웅이는 골목으로 나갔다. 삼백이가 담장 위에서 일어나 애옹애옹 말을 걸어도 은형이는 대답하지 않았다. 선웅이가 다가서도 은형이는 멍한 시선으로 저 멀리 어딘가를 응시했다.

오른발. 왼발. 오른발. 왼발. 은형이는 방향을 정하지 못한 채 제자리에서 천천히 돌았다. 선웅이는 어른들을 불러야 하나 고민했다. 은형이에게 들어가란 뜻으로 회색 대문을 밀었다. 삐이걱. 은형이는 몽롱한 시선으로 고개를 저었다. 어둠 저 멀리 둔 시선이었지만 지치고 슬픈 눈이었다. 그러지…… 마. 선웅이는 회색 대문에서 물러났다. 은형이가 마음으로 하는 소리를 알아들었다. 그렇다고 생각했다.

새벽 2시가 넘은 시각에 노란 가로등 불빛 아래서 은형이가 불안하게 서성였다. 혹시. 혹시 하는 마음으로 선웅이는 저기! 하고 한의원 골목 끝을 가리켰다. 마치 그 말을 기다리고 있었던 듯 은형이는 걸음을 떼었다. 천천히. 위태롭게. 한 걸음씩. 한의원 골목 끝에서 은형이는 멈추어 섰다. 재래시장 골목과 샘물 공원으로 나가는 길이 갈라진 곳이었다. 오른쪽이야, 누나. 은형이는 오른쪽으로 방향을 틀었다. 우체국과 24시 우량 슈퍼, 동사무소 앞까지 걸었다. 2차선 도로를 건너 샘물 공원이 나왔다.

선웅이는 살갗이 돋았다. 지금이라도 돌아가서 엄마와 아버지를 깨워야 할 것 같았다. 은형이 부모님에게도 알려야 할 것 같았다. 누나, 그만 가자. 멀리 왔어. 선웅이가 은형이 뒤에서 걱정스러운 소리로 말했다. 은형이가 천천히 고개를 저었다. 팔을 뻗어 길 건너 샘물 공원을 가리켰다. 가리킨다고 생각했다. 은형이는 오른팔을 들었을 뿐이었다.

번…… 개…… 탄……. 샘물 공원 벤치에 앉아 은형이가 읊조린 말이었다. 선웅이는 하굣길에 있었던 일이 떠올랐다. 이호 녀석이 어디서 구했는지 번개탄을 사 와서 은형이 앞에 던졌다. 번개탄이 깨지며 부서졌다. 이호 녀석이 발로 번개탄 가루를 비볐다. 땅바닥이 새카맣게 변했다. 너랑 닮았네? 선웅이는 호루라기를 불었다. 선도부 선배들이 교문 밖으로 뛰어나왔다. 이호 녀석은 나중에 두고 보자며 줄행랑을 쳤다.

번개탄이 얼마나 소중한 건데. 라이터로 불만 붙이면 다 꺼져 가는 연탄을 살릴 수 있어. 선웅이는 텔레비전 프로그램에서 보았던 번개탄을 떠올리며 말했다. 눈이 펄펄 날리는 시골집에서 80대 노부부가 번개탄에 불을 붙여 밥 짓는 장면이 나왔다. 흰 연탄과 검은 연탄 사이에 번개탄을 넣자 화왓 불길이 살아났다. 검은 연탄이 발갛게 타오르며 노부부의 구들장이 뜨거워지고 두부를 넣은 된장국이 맛있게 끓었다. 누나, 이호 놈은 뭘 몰라서 그래. 번개탄은 누군가에게 불빛을 나누어 주는 존재야. 자기 몸을 하얗게 태워서 따뜻한 밥과 국과 앉을 자리를 만들어 주니까.

은형이와의 동행은 그렇게 시작되었다. 꿈길에서 은형이는 낮에 있었던 일을 더듬더듬 꺼냈다. 상처가 된 말들이 하나하나 풀려 나왔다. 선웅이는 넌지시 아버지에게 그런 증상을 물어보았다. 몽유병 증세라는 사실을 알았다. 대부분의 몽유병 증세는 심리적 상처에서 비롯된다고 했다. 이호 같은 녀석들에게 상처 입은 날이라거나 원중선 아저씨에게 상처 입은 날 은형이는 새벽 꿈길에 나선다는 사실도 알게 되었다.

은형이는 자신이 꿈길에 나선다는 사실을 모르는 것 같았다. 학교에서나 집 근처에서 선웅이를 대하는 모습이 평온하고 차가웠다. 어떤 동요도 없는 표정으로 지나쳤다. 아버지에게 들은 의학 지식으로도 그게 맞는 것이었다. 인터넷 자료에서도 몽유병 증상 후에는 기억하지 못하는 게 일반적이라고 했다. 봄과 여름이 지나며 차츰 선웅이는 두려움이나 걱정보다 즐거운 마음이 들었다. 은형이와 새벽 꿈길에 나서는 시간을 기다렸다.

은형이를 온전히 지켜 줄 수 있는 시간이었다. 은형이의 외롭고 슬픈 시간을 위로해 줄 수 있는 시간이었다. 누군가의 상처를 보듬고 위안의 시간을 함께할 수 있다는 게 기뻤다. 은형이가 자기를 기억 못 해도 함께했던 시간은 어디로 사라지는 것이 아니었다. 그 시간이 비록 길게는 15분, 짧게는 5분으로 끝나는 꿈길이어도 행복하기만 했다.

그 꿈길에서 선웅이는 나약한 열다섯 소년이 아니었다. 고대 그리스인들이 낙타와 표범 사이에서 태어났다고 상상한 기린이 되어 은형이를 호위하는 존재였다. 모래바람 부는 사막을 열흘 낮밤 걸어도 끄떡없는 낙타의 끈기와 사자나 호랑이를 피해 홀로 나무숲과 빼곡한 수풀 속에서 살아가는 표범의 자유로움을 반반씩 닮은 기린이 되어 은형이의 사바나를 지켰다. 목이 길어서 울지 못한다는 속설이 나돌 만큼 과묵한 기린이지만 꼭 울어야 할 때는 황소처럼 울기도 한다는데. 아카시아잎을 따 먹기 위해 일곱 개의 목뼈가 죽죽 늘어난 것일 수도 있지만 사바나를 보행하며 지평선 너머의 것에 대한 궁금증으로 목이 늘어난 건 아닌지. 태생적으로 멀고 먼 세계에 대한 의문과 환상으로 고개를 그처럼 늘린 건 아닌지. 은형이를 지켜보며 어느새 목이 한 자씩 자란 선웅이처럼.

기린은 유약하지만은 않다. 맹수는 아니지만 강력한 뒷발차기로 천적이 거의 없는 초원의 강자이기도 하다. 꿈길의 사바나를 굳건히 지키며 은형이와 거니는 시간은 행복했다. 어쩌면 은형이보다 선웅이가 그 꿈길에서 더 깨어나고 싶지 않았는지도 몰랐다. 장렬한 태양이 두더지 굴속의 뒷간까지 비추고야 마는 그 환한 사바나야말로 상처 입은 누군가를 지키기에 가장 안전한 곳이라고 믿었기 때문이었다.

"은형이 년, 어딨냐?"

선웅이의 상상은 원중선 아저씨가 등장한 순간 무참히 깨졌다. 무척 화가 난 눈이었다. 술 냄새가 훅 끼쳤다. 금단 증상으로 손과 턱을 마구 떨었다. 선웅이는 사바나의 태양이 한순간 폭발해 재로 변하는 것을 보았다.

"망할 년 어딨냐고?"

선웅이는 고개를 저으며 양팔을 벌렸다. 원중선 아저씨는 선웅이 팔을 밀치고 1층 현관문 안으로 들어섰다.

"안 돼요. 아저씨. 여긴 학교예요."

"비켜, 이놈아. 학교인 걸 누가 몰라? 학교니까 내 딸년 찾으러 왔지."

술에 취했어도 손아귀 힘이 셌다. 선웅이는 멱살이 잡힌 채 한쪽으로 밀렸다.

"아저씨, 이러지 마세요. 집으로 가세요. 제발요, 아저씨."

원중선 아저씨는 신발을 신은 채 복도에서 소리 질렀다.

"은형이 어딨냐? 원은형!"

왼편 계단을 올라가면 바로 선웅이와 은형이가 공부하는 3반 교실이었다. 복도에 울리는 술주정을 듣고 학생들이 몰려왔다. 교무실에 있던 선생님들도 밖으로 나왔다. 원중선 아저씨는 붉은 넥타이를 맨 선생님에게 손짓했다.

"거기, 거기. 원은형 좀 불러 주쇼."

선생님이 다가와 말렸다.

"진정하시고 잠깐 상담실로 가시죠."

"필요 없고 딸년이나 불러 달라니까!"

"곧 수업이 시작됩니다. 여기서 소란 피우시면 안 됩니다. 이쪽으로 가시죠."

"내 말이 말 같지 않단 거요? 왜 자꾸 바쁜 사람을 오라 가라야? 은형아, 애비 왔다. 은형아!"

원중선 아저씨가 고래고래 은형이를 불렀다. 은형이가 계단에 몰려 서 있는 학생들 사이로 모습을 나타냈다. 선웅이는 원중선 아저씨를 현관 쪽으로 끌었다.

"놓으라니까! 네놈이 뭔데 지랄이야?"

"아빠나 지랄 좀 그만해!"

빽, 복도에 은형이 소리가 울렸다.

"지랄? 지금 애비한테 지랄이라고 했냐? 저런 싸가지 없는 년."

은형이에게 달려드는 원중선 아저씨를 선웅이가 재빨리 뒤에서 안았다.

"그러니까 돈을 받아 처먹고도 찍소리 안 한 거야."

"무슨 돈? 누가 무슨 돈을 받아 처먹었다는 건데?"

"네년이랑 네년 어미랑 몰래 꿀꺽한 돈을 모를 줄 알았냐? 못된 년. 내가 언제까지 모를 줄 알았냐?"

"아저씨, 은형이 누나는 그런 적 없어요. 나가요, 제발."

"놔, 이 새끼야. 너도 한패냐? 아, 한패구만. 네 아버지도 그날 거기 있었다고 하드만."

"무슨 얘긴지 모르겠고요. 저랑 가요. 어서요."

"몰라? 네 부모도 저년한테 돈을 줬다는데? 병원장들이 돈을 모아서 한 뭉텅이 쥐어 줬다는데 몰라? 이 자식아."

은형이가 계단에서 복도로 내려와 소리쳤다.

"장학금! 장학금이라고! 아빠가 무능해서, 거지 같아서 아무것도 해 주는 게 없으니까, 불쌍하고 측은하니까 도와준 거야.

학교까지 찾아와서 돈 돈 하는 게 부끄럽지도 않아? 창피하지도 않으냐고?"

원중선 아저씨가 발뒤꿈치로 선웅이 발등을 내리찍었다. 선웅이는 비명을 지르며 원중선 아저씨를 놓쳤다. 그 순간 은형이가 얼굴을 감싸고 넘어갔다.

"싸가지 없는 년."

선웅이가 벌떡 일어나 은형이에게 달려드는 원중선 아저씨를 잡았다. 선생님들과 학생들도 몰려와서 힘을 보탰다.

"너네들끼리 숨어서 그 돈 쓰고 사니까 재밌든? 네 애비만 쏙 빼고? 네년들이 그래서 매를 맞는 거야."

"엄마한테 무슨 짓을 한 거야?"

"썩을 년. 네 어미 년은 황천길 갔다."

은형이 비명이 복도에 울렸다.

"용서 안 해! 엄마한테 무슨 일 생긴 거면 용서 안 해. 정말이야. 똑같이 해 줄 거야!"

은형이는 울부짖으며 현관문 밖으로 뛰어나갔다. 선웅이도 은형이 뒤를 따랐다. 주머니에서 핸드폰이 웅웅 울었다. 아버지였다.

"선웅아, 네 옆에 은형이 있니?"

"아버지, 진따나 아줌마 다쳤어?"

"그 아저씨가 벌써 학교에 왔든? 은형이 놀라니까 아무 말 말고 교문 밖으로 데리고 나오너라. 아버지가 지금 태우러 가고 있으니."

은형이가 도로로 뛰어드는 모습이 보였다. 선웅이는 재빨리 호루라기를 불었다. 허공에 울리는 차갑고 날카로운 경고음. 은형이는 그 소리에 인도 위로 뒷걸음질했다. 선웅이가 급히 뛰어가 안심시켰다.

"누나, 괜찮아. 숨 쉬어, 천천히. 내가 같이 있을게. 누나 곁에 있을게."

은형이는 불안한 눈으로 몸을 떨었다. 얼굴빛이 파랬다. 금방이라도 모래처럼 허물어질 듯 위태로워 보였다. 선웅이도 두려웠다. 은형이에게 닥친 현실이 무섭도록 생생했다.

아버지 차가 멀리 보였다. 선웅이는 팔을 흔들며 호루라기를 불었다. 선웅이 아버지가 자기를 태우러 온 모습을 보고 은형이는 울음을 터뜨렸다. 차에 타서도 무슨 일이 있었는지 차마 묻지 못한 채 울었다. 선웅이 아버지가 그런 은형이를 달랬다.

"은형아, 침착해라. 차분하게 아저씨 말 들으렴."

은형이는 터지는 울음을 손으로 막고 고개를 끄덕였다.

"엄마는 지금 수술 들어가셨다. 장이 파열됐어."

은형이 울음소리가 커졌다. 선웅이는 이 모든 게 꿈이라면 얼마나 좋을까 생각했다. 교차로를 돌아 시내 쪽으로 달리는 차의 속도가 더디기만 했다.

선웅이 엄마가 수술실 복도에서 기다리고 있었다.

"많이 놀랐지. 수술받으면 괜찮을 거야. 걱정하지 마."

엄마가 은형이를 다독였다. 의사가 경찰관과 함께 수술실 앞으로 나왔다. 경찰관이 선웅이 아버지에게 물었다.

"진따나 씨 가족 되십니까? 병원에서 신고가 들어왔어요. 가정 폭력으로 의심된다고."

"우린 이웃이고 여기 이 학생이 진따나 씨의 딸입니다."

"배화 중학교에 있어요. 우리 엄마를 이렇게 만든 사람 지금 배화 중학교에 있다고요. 잡으러 가요. 빨리 잡으러 가라고요. 용서 안 할래요. 이번엔 절대로 용서 안 해요."

은형이가 울먹이며 소리쳤다.

"은형아, 진정해. 여기 이분들이 알아서 하실 거야. 진정해."

선웅이 엄마가 은형이를 안았다. 은형이는 몸을 떨며 소리 내 울었다. 수술은 오후 해가 저물 무렵이 되어서야 끝났다. 응급 처치가 빨라서 다행히 수술은 잘 되었다고 의사 선생님이 말했다. 진따나 아주머니는 중환자실로 옮겨졌다. 은형이는 밤 10시 무렵에서야 진따나 아주머니를 잠깐 면회할 수 있었다. 병원에서 밤을 새우겠다는 은형이를 선웅이 엄마가 말렸다.

"이젠 아침이나 돼야 면회할 수 있으니까 집으로 가자. 내일 우리도 함께 올 테니."

집으로 돌아오는 차 안에서 선웅이 엄마가 말했다.

"은형이 들었지? 좀 전에 엄마가 경찰한테 아버지를 가정 폭력 범죄로 신고한다는 의사를 밝힌 거. 네 엄마가 이번엔 굳게 맘을 먹었구나. 진즉에 그랬어야 했어. 아무리 남편이고 아버지라고 해도. 이게 어디 사람 사는 거니?"

집 앞에 도착했을 때 선웅이 아버지가 은형이에게 말했다.

"한동안 우리 집에서 지내자꾸나. 빈집에 혼자 있기 그러니."

"그래, 누나. 우리랑 지내."

은형이는 고개를 저었다.

"집으로 갈래요. 그 사람도 없는걸요."

은형이는 불 꺼진 집으로 들어갔다. 회색 대문이 굳게 닫혔다. 을씨년스러운 바람이 골목에 떠돌았다. 선웅이는 2층 방으로 올라오며 몸을 떨었다. 긴장이 풀려서일까. 팔다리에 힘이 빠지고 등부터 식은땀이 흘렀다. 이마는 불이라도 지핀 것처럼 뜨거웠다.

"어머, 얘 열나는 것 좀 봐."

엄마가 선웅이 이마에 손을 대 보곤 놀랐다.

"괜찮아. 쌍화탕 마시면 돼."

엄마가 병원에 가야 한다고 잔소리했지만 선웅이는 이불을 뒤집어썼다. 몸에 붙은 열은 쉽게 가라앉지 않았다. 마치 누군가 잡고 흔드는 것처럼 팔다리가 덜덜 떨렸다. 이도 딱딱 부딪히는 소리가 났다. 더운 것 같기도 하고 추운 것 같기도 하고 이상했다. 몸은 추워서 떨리는데 숨은 콱 막힐 지경이었다. 찬물을 벌컥벌컥 마셨다. 열이 너무 났다. 선웅이는 기절하다시피 침대로 쓰러져 잠이 들었다.

창문에 투둑투둑 빗방울이 스쳤다. 비 소식은 없었는데. 우울한 금요일 밤이 그렇게 저물었다. 비는 새벽에도 줄기차게 쏟아졌다. 은형이는 빗물에 꿈길이 묶인 모양이었다. 회색 대문을 열고 나오지 않았다. 선웅이는 창가에 서서 어두운 은형이네 집을 지켰다. 새벽 3시. 조금만 더 있으면 날이 밝을 거야. 잠들면 안 돼. 은형이 누나를 위해서 이 밤을 지켜야 돼. 누나가 지금 저 어두운 집에 혼자 있으니까.

겨울비는 명주실처럼 아침이 될 때까지 쏟아졌다. 선웅이는 다리에 힘이 풀렸다. 온몸이 축축했다. 식은땀을 흘리며 시계를 보았다. 6시 5분. 이복규 할아버지가 영구차에 실려 길을 떠난 시간인데. 기수는 고모할머니네 집으로 갔겠지? 창밖을 보았다. 검은 우산 하나가 둥둥 떠 있었다. 선웅이는 비틀대며 창가에 섰다. 기수가 회색 대문 앞에 서 있었다. 이상했다. 어느새 밤이 되어 가로등 불 아래 그 애가 서 있었다.

"원은형, 꽃밥집 가자. 원은형."

기수가 담장 너머에 대고 소리쳤다.

"원은형, 나올 때까지 부를 거다. 원은형! 원은형!"

기수의 목소리가 골목에 우렁차게 울렸다. 낭만적이었다. 샘도 났다. 회색 대문이 열리고 붉은 우산이 나왔다. 검은 우산과 붉은 우산은 나란히 골목을 걸어갔다. 누나! 누나! 선웅이는 큰 소리로 은형이를 불렀다. 은형이는 돌아보지 않았다. 기수의 모습은 사라지고 은형이 혼자 골목을 걸었다. 붉은 우산이 하늘로 날아올랐다. 우산이 멀어질수록 은형이 모습이 점점 작아졌다.

"은형이 누나! 은형이 누나!"

이마에 차가운 기운이 돌았다. 정신이 번쩍 들었다. 부연 전등 빛에 눈이 시렸다.

"무슨 잠꼬대를 그렇게 무섭게 해? 은형인 걱정 말고 자. 방금 아버지가 갔다 왔으니까."

꿈이었구나! 붉은 우산만큼 멀어지던 은형이 모습이 선명했다.

"지금 몇 신데?"

"새벽 1시야. 왜 이렇게 땀을 흘려. 일어나. 교복이라도 벗고 자."

"그냥 잘래."

"그럼 약이라도 먹고 자."

"괜찮아……."

선웅이는 그대로 잠 속으로 빨려 들어갔다. 붉은 우산 하나가 계속 눈앞에서 어룽댔다. 꿈이야. 그래, 이건 꿈이야.

"난 저 집이 싫어. 너무 어둡고 침침해. 불길하고 불행한 기운이 뱀처럼 똬리를 틀고 앉아 있는 것 같아."

은형이 목소리가 들렸다. 선웅이는 겨우 눈을 떴다. 목이 탔다. 입술도 바짝 말라붙었다. 너무 더웠다. 왜 이렇게 열이 나지? 창가에 은형이가 서 있었다. 얼음처럼 차갑게 굳은 뒷모습이었다.

"그런데도 살아야 해. 저 집이 그대로 있는 한. 알코올 중독자 아버지. 태국인 엄마. 코시안 깜둥이 원은형. 저 집만 없으면 배화동에서 우리 흔적을 싹 지워 버릴 수 있을 텐데. 그럼 좋을 텐데. 정말 좋을 텐데."

"누나…… 언제…… 왔어?"

은형이가 돌아섰다. 어둠 속에서 홱 하고 라이터 불빛이 살아났다. 은형이가 불빛 속에서 섬뜩하게 웃었다.

"누나, 그러지 마. 라이터 나한테 줘."

선웅이는 라이터를 받으려고 일어났다. 은형이가 라이터를 창밖으로 던졌다. 순간 창 너머에서 붉은빛이 펑! 터졌다.

"안 돼, 누나!"

선웅이는 자기가 내지른 소리에 놀라 번쩍 눈을 떴다. 창문 너머에서 붉은빛이 일렁였다. 그 순간 엄마가 뛰어 들어왔다.

"선웅아, 일어나. 불났어. 피해야 돼. 어서 일어나."

뒤따라온 아버지도 선웅이를 부축했다. 소방차와 경찰차 사이렌 소리가 뒤섞여 울렸다. 심장이 요동쳤다. 꿈일 거야. 그래, 이것도 꿈일 거야. 몇 시일까? 가로등 불빛을 보니 아직 밤인 것 같은데. 눈부셨다. 가로등 불빛이 유난히 밝았다. 붉은 노을처럼 창문 너머가 물들었다.

"은형이 누나!"

선웅이는 엄마와 아버지 손을 뿌리치고 창문을 열었다. 더운 열기가 밀물처럼 밀려들어 왔다. 담장보다 낮은 지붕 아래서 새빨간 불길이 타올랐다.

"안 돼, 누나."

습관처럼 벽에 걸린 시계를 보았다. 새벽 2시였다.

"은형이 누나가 집에 있잖아요! 구해야 돼요!"

"선웅아, 안 돼!"

선웅이는 계단을 두세 개씩 뛰어내렸다. 경찰들이 골목의 사람들을 깨워 큰길로 대피시키고 있었다. 선웅이는 말리는 아버지 손을 뿌리치고 소방차 사이로 비집고 들어갔다. 경찰이 선웅이를 막았다. 선웅이는 교복을 더듬거려 호루라기를 찾았다.

호르르르……! 호르르르……!

선웅이는 은형이가 들을 수 있게 있는 힘껏 호루라기를 불었다. 눈물이 흘렀다. 바보 같은 놈. 등신 같은 놈. 은형이 누나한테 어떤 일이 일어났는지 알고 있었으면서 잠이나 자빠져 자고.

호르르르……! 호르르르……!

소방대원들이 물을 뿌리는 사이 경찰들이 은형이를 데리고 나왔다. 온몸이 물에 젖어 축축했다.

"누나!"

은형이가 일그러진 웃음으로 중얼거렸다.

"잘 탄다…… 우리 집…… 훨훨……."

경찰이 은형이가 쥐고 있는 라이터를 발견했다.

"얘가 방화한 모양인데?"

꿈꾸는 듯한 소리로 은형이가 대답했다.

"네…… 내가…… 났어요……우리 집에…… 불…… 내가…… 났어요."

"경찰서로 데려가자고."

선웅이가 경찰에게 소리쳤다.

"은형이 누나는 지금 꿈꾸는 거예요. 꿈속을 걸어 다니는 거라고요. 데려가지 마요."

아버지가 선웅이를 뒤에서 부둥켜안았다.

"은형이 누나는 몽유병을 앓아요. 오래됐어요. 지금 아무것도 몰라요. 어떤 일이 벌어졌는지 아무것도 모른다고요."

엄마도 선웅이를 바깥쪽으로 끌었다. 선웅이는 발버둥쳤다.

"놔. 은형이 누나 옆에 있을 거야. 은형이 누나가 놀란단 말이야."

은형이가 꾹꾹 웃었다. 아니 울었다. 웃는 것도 같고 우는 것도 같았다. 불붙은 지붕을 보면서 기이한 소리를 냈다. 소방차에서 물 뿌려지는 소리. 불을 보고 놀라서 뛰어나온 사람들이 내지르는 소리. 세상이 슬프도록 소란했다. 경찰들이 은형이를 경찰차에 태웠다.

"안 돼요, 못 데려가요. 제발 누나 좀 봐줘요. 누나는 지금 꿈을 꾸는 중이라니까요."

선웅이는 경찰차 뒷문을 막고 서서 미친 듯이 소리쳤다. 아버지가 선웅이를 달랬다.

"선웅아, 괜찮아. 아무 일 없을 거다. 진정해라. 진정해."

"아버지, 은형이 누나는 꿈꾸는 거예요. 정말이에요. 그저 꿈이에요. 깨고 나면 아무것도 몰라요. 아침에 깨고 나면 은형이 누나가 놀란단 말이에요. 그러니까 이 아저씨들 좀 말려요. 제발요."

선웅이는 필사적으로 차 문에 매달렸다. 경찰들이 와서 선웅이를 차에서 떼어 놓으려고 했다. 선웅이는 죽을힘을 다해 버티었다.

"당장 이 손 놓지 못해. 어떤 상황인데 이 난리야. 불이 났다고, 지금. 은형이가 불을 냈다고."

엄마가 선웅이를 때리며 소리쳤다. 선웅이는 고개를 저었다.

"아니야. 아니라고."

"애야, 저 애는 방화범이야. 너 자꾸 아저씨들 일하는 거 방해할래?"

"방화범 아니에요. 그냥 몽유병을 앓는 거라고요. 꿈꾸는 거예요. 은형이 누나는 못 데려가요, 절대로."

"환장하겠네. 얘 좀 한꺼번에 떼어 봅시다."

엄마가 등을 후려쳐도 선웅이는 차에서 떨어지지 않았다. 움켜쥔 손가락이 부러질 것 같았지만 손을 놓지 않았다. 이웃 사람들이 몇 명 힘을 더 보태고 나서야 선웅이 몸이 경찰차에서 떨어졌다.

"제발 제 말 좀 들어 달라고요! 은형이 누나 좀 내버려 두라고요!"

선웅이는 참고 있던 울음을 터뜨렸다. 경찰차에 앉아 있는 은형이를 구해 내기에 힘이 부족했다. 나이도 부족했다. 슬픔이 파도처럼 선웅이를 덮쳤다. 선웅이는 어린아이처럼 목 놓아 울었다. 그때 은형이가 선웅이에게 얼굴을 돌렸다.

"내일…… 봐."

내일 봐. 그 환하고도 설레는 말. 은형이가 꿈속에서 말했다. 선웅이는 부연 눈물 속에서 보았다. 세상에서 가장 검은 눈동자에도 눈물이 스미는 걸.

"누나……."

경찰차가 골목을 빠져나갔다. 선웅이는 그대로 허물어졌다. 아버지가 어깨를 안고 다독였다.

"아버지, 누나가 봐…… 누나가……."

세상에서 가장 검은 눈동자가 선웅이를 보면서 멀어졌다. 그사이 꿈길에서 깬 걸까. 그 눈이 아리도록 슬펐다. 열다섯 선웅이의 골목을 꽃등처럼 밝혀 주던 은형이가 멀어졌다.

"그래, 내일 봐…… 내일 봐, 누나."

거짓말처럼 눈이 날렸다. 세상은 이렇게 뜨겁고 슬픈데 희디흰 눈이 날렸다. 선웅이는 아버지 품에서 흐느꼈다.

"나 때문이에요…… 누나가 저렇게 된 거……. 아버지, 난 은형이 누나를 도와주고 싶었어요. 누나의 꿈길로 가서…… 누나는 외로운 사람이 아니라고 위로해 주고 싶었어요. 그런데……."

눈발이 눈물에 녹아 뜨거웠다. 아니 차가웠다. 이런 감정을 느낀다는 자체가 슬펐다. 꿈길이 아니니까. 더 이상 사바나의 꿈길이 아니니까.

"너무 오랫동안 나 혼자 누나의 꿈길을 숨기고 있었나 봐요. 난 그게 은형이 누나를 위한 거라고 생각했는데…… 사실은 아니었나 봐요."

선웅이 눈에서 굵은 눈물이 흘렀다.

"울지 말렴. 언제고 깰 꿈이었잖니. 너도, 은형이도."

담장보다 낮은 기와지붕은 반쯤 재로 가라앉았다. 그 위로 눈이 날렸다. 아픈 시간을 덮어 주듯 눈꽃이 피었다. 꿈은 서글프고, 예정된 날 예정된 시간 은형이가 꽃등을 내린 그때. 탁탁 꽃등을 꺾어 내린 그때. 하늘에서 눈꽃을 주었다. 눈꽃 속에서 선웅이는 멀리 떠나는 기린을 보았다.

10.
바위새

누나, 365일 내내 머리맡에다 구름을 이고 사는 산이 있었어. 하늘 아래 가장 높은 산. 거기 꼭대기를 차지하고 사는 거대한 바위가 있었는데, 언제부터 그곳에 살기 시작했는지 어떻게 그곳에 자리를 잡게 되었는지는 아무도 몰라. 다만 거기에 그 바위가 산다는 것만 알고 있었어.

거미줄처럼 곳곳에 금이 가고 축축하고도 어두운 이끼가 핀 몸. 바람이라도 불어 봐. 그 눅눅한 이끼 냄새가 골짜기까지 퍼졌어. 누구도 그를 찾아 다가오지 않았어. 바위는 그릉그릉 가래 끓는 소리를 내며 온종일 숲속을 뚫어져라 쳐다보았어. 외로웠거든.

너무 외로워서 어느 날부턴가 제 몸을 흔들었어. 귀퉁이에 붙어서 간당거리던 돌들이 떨어졌어. 돌덩이들이 우당탕우당 탕 숲을 굴러 내려갔어. 듣기 좋았지. 그 소리라도 들려서 살 아 있는 것 같았어. 어쩌면 누군가 올라와서 왜 자꾸 돌을 굴 리느냐고 물을 수도 있잖아? 괜찮은 생각 같았어. 그런데도 아 무도 찾아오지 않았어.

누나, 바위가 사는 산에서 동쪽으로 사흘쯤 가면 아득한 들 판이 나와. 그 들판 너머에 푸른 몸으로 일렁이는 팽나무 숲이 있었어. 거기 어미 녹두새랑 새끼 녹두새가 살았어. 온몸이 녹 두색이라서 녹두새야. 어린 녹두새는 날마다 어미 녹두새를 따 라 팽나무 가지에서 가지 사이로 건너다니는 연습을 했지.

어느 이른 새벽, 어미 녹두새가 가지를 치고 날아올랐어. 어 린 녹두새도 서툰 날갯짓으로 날아올랐지. 기우뚱기우뚱 날갯 짓을 배웠어. 그때 솔개들이 무리를 지어 날아왔어. 그들은 들 판을 건너 바위산 쪽으로 오는 중이었어. 눈 깜짝할 사이에 어 린 녹두새는 솔개 무리에 섞여 이리저리 치였어. 점점 어미 녹 두새와 멀어졌지.

어린 녹두새는 덩치 큰 새들의 부리가 무서웠지만 그들의 날개가 일으키는 소용돌이 바람이 무서웠지만 차마 거기서 헤 어나지도 못했어. 팽나무 둥지로 돌아가는 길을 기억해 낼 수 없었거든. 거기다 천둥 번개는 어찌나 두려운지 차라리 솔개 무리에 섞여 흘러가는 게 낫다고 생각했어.

솔개들은 녹두새의 안타까운 처지 따위는 돌아보지 않고 사 흘 낮밤을 날았어. 비바람에 젖은 날개가 무거워 더 날 수 없게 되었을 때 어린 녹두새는 날개를 접고 말았어. 미끄러지듯 눈앞을 가로막고 있던 어느 품인가로 날아들었지. 솔개들은 어린 녹두새를 떨어트리고 그대로 하늘을 건너갔어.

누나, 바위는 이게 꿈인가 싶었어. 비바람을 타고 날아든 어린 녹두새 한 마리가 자기 품에서 옴죽대는 게 정말 꿈인가 싶었어. 어린 녹두새는 비바람이 잠잠해진 뒤에도 바위 곁에 머물렀어. 숲을 향해 뛰어내릴 듯 뛰어내릴 듯 미적대기만 할 뿐 떠나지 않았어. 서툰 날갯짓으로 뛰어내리기에 그 산은 너무 높았거든.

네 날개가 다 마르거든 떠나렴. 바위가 말했어. 어린 녹두새는 귀가 솔깃했어. 그래요, 그럼. 날개가 마르는 동안 노래를 불러 줄게요. 호롱, 호르릉! 호롱, 호르릉! 어린 녹두새의 맑은 노랫소리가 산골짜기에 울렸어. 호르르, 호르르! 호르르, 호르르! 바위는 눈물이 날 것 같았어. 그렇게 맑고 고운 소리를 가까이에서 들어 본 적이 없었거든.

여러 날 잠잠했던 비구름이 다시 몰려왔어. 빗물은 파도처럼 높았다 시냇물처럼 낮았다 하면서 줄기차게 쏟아졌어. 어린 녹두새는 여전히 노래만 불렀어. 또다시 하늘로 날아올라 비바람에 젖고 천둥 번개를 만나는 일이 자신 없었거든. 바위님, 지금 떠나면 간신히 말린 날개가 도로 젖을 거예요. 좀 더 머물다 갈게요. 호르릉, 호르르!

바위 곁에 있어도 비에 젖는 건 마찬가지였어. 어린 녹두새는 빗물에 흠뻑 젖어 덜덜 떨었어. 녹두새야, 내 품으로 들어와 비를 피하렴. 어린 녹두새는 두 말 않고 갈라진 바위틈으로 들어갔어. 편안했어. 어린 녹두새는 고맙다고 또 노래를 불렀어. 호르릉, 호르릉! 호르릉, 호르릉!

오랫동안 들이치던 비바람도 물러가고 구름 사이로 옅은 햇살도 한 가닥씩 떨어졌어. 어린 녹두새는 갈라진 바위틈에서 나오려고 하지 않았어. 바위님, 여기에서 매일매일 노래를 불러 줄게요. 호릉, 호르르! 호릉, 호르르! 이미 나는 데는 자신이 없어진 어린 녹두새였어. 그런 녹두새에게 바위가 내준 자리는 꿈만 같았어. 바위틈에서 흘러내리는 물도 있었고 이끼에 붙어사는 벌레도 있었어. 굳이 날갯짓을 하지 않아도 노래만 하며 살 수 있었어. 바위가 떠나라고 할까 봐 어린 녹두새는 좁은 바위틈을 비집고 점점 더 깊숙이 들어갔어.

어린 녹두새가 불러 주는 노랫소리에 꾸벅꾸벅 졸다 보니 세월이 흘러갔어. 바위는 그 어린 녹두새 없이는 살지 못할 것 같았어. 자기 몸속에서 꼬물거리는 어린 녹두새가 마치 따뜻한 심장처럼 여겨졌지. 바위는 자기 몸에 실핏줄이 퍼져 나가는 걸 느꼈어. 그런데 어느 날부턴가 노랫소리가 작아졌어. 어린 녹두새가 바위틈을 너무 깊이 파고 들어가 살고 있었거든. 한 번씩 파닥거리던 날갯짓도 더는 하지 않고.

바위님, 한쪽 날개가 이상해요. 딱딱해져서 움직일 수가 없어요. 바위는 걱정이 되어 말했어. 이리 바깥으로 나와서 날갯짓을 하렴. 그럼 괜찮을 거야. 어린 녹두새는 말을 듣지 않았어. 이미 그 바위틈에 너무 익숙해져서 바깥이 싫었거든. 얼마

못 가서 다른 날개마저 딱딱하게 굳어 버렸어. 부드러운 깃털도 딱딱해졌어. 나중엔 숨조차 쉬기 어려워졌어.

누나, 바위는 더럭 겁이 났다. 어린 녹두새가 점점 돌로 변해 가고 있었거든. 녹두새야, 어서 이리 나오렴. 거기 더 있어서는 안 돼. 바위님, 나갈 수 없어요. 여기가 편안한걸요. 여기서 살게 해 주세요. 노래를 부를게요. 어린 녹두새는 쥐어짜는 소리로 노래를 했어. 호르…… 호르르…… 호…… 르르…… 호르르…….

자신이 없었어. 바깥세상으로 돌아가는 일이. 어린 녹두새는 있는 힘을 다해 노래했어. 호…… 르…… 릉……. 호…… 호……. 어린 녹두새는 더 이상 소리를 내지 못했어. 녹두새야! 녹두새야! 바위는 가슴이 아팠어. 딱딱해진 녹두새가 자기 몸속에서 괴로워하는 걸 느꼈어. 녹두새를 붙잡아 두는 게 아니었다고 자신을 탓했어.

누나, 바위는 여러 날 슬퍼하다 자신이 해야 할 일을 깨달았어. 바위는 조용히 어린 녹두새를 불렀어. 녹두새야, 대답할 수 없어도 네가 내 말을 듣고 있다는 걸 알아. 넌 새란다. 하늘을 훨훨 날갯짓하며 사는 새. 누구보다 저 하늘과 가깝게 살 수 있도록 날개를 가지고 태어난 새. 그게 네가 날아야 하는 이유야.

그 말을 마치고 바위는 몸을 허물기 시작했어. 우룽우룽 자기 몸을 흔들어 부수었어. 마침내 굉음과 함께 바위 몸이 우루루 가루로 허물어진 순간 어린 녹두새는 하늘로 날아올랐어.

숨이 탁 트이며 굳었던 날개가 쭉 펴졌어. 이미 오랜 세월이 흘러 나는 것이 영 낯설었지만 어린 녹두새는 힘껏 날갯짓을 했어.

누나, 어린 녹두새는 깨달은 거야. 가루로 변한 채 산골짜기로 흘러내리는 바위를 보면서 자기가 날아야 하는 이유를 비로소. 그래요. 나는 새였죠. 이렇게 날개를 퍼덕이며 날아야 하는 새였죠. 고마워요, 바위님. 어린 녹두새는 골짜기를 따라 날아다니며 울었어. 호릉! 호르릉! 호르르릉!

누나, 나도 그 바위처럼 그랬나 봐. 내 말 좀 들어 달라고, 제발 귀 좀 열어 달라고 바깥을 향해 소리치다 너무 외로웠나 봐. 그래서…… 그래서 누나의 꿈길을…… 주저 없이 내 꿈길처럼 걸었나 봐. 하지만 거기에 익숙해져서는 안 되는 거였어. 슬프거나 지치거나 이것이 우리 생의 전부라고 주저앉아서는 안 되는 거였어.

누나, 저기 어린 녹두새가 팽팽한 날갯짓으로 날아가는 거 보이지? 바위새였던 기억을 훌훌 털고 날아가는 거 보이지? 누나도 부디 누나를 가두었던 기억들에서 깨어나길 바라. 그래서 가벼운 영혼으로 훨훨 날아오르길 바라. 은형이 누나.

나는 지금 은형이 누나를 만나러 간다. 햇살이 오늘처럼만 군불을 때 준다면 곧 어디선가 쩡! 하고 터지는 봄꽃 소식이 들릴 것도 같다. 어쩌면 누나가 햇볕을 쬐러 나오는 병원 화단에 벌써 꽃잎이 얼굴을 내밀었는지도 모르겠다.

"화단에 손님이 하나 와 있더라. 봄 손님. 먼저 오는 사람한테 보여 줄 거야."

오늘 아침에 은형이 누나가 수화기 너머에서 그렇게 말했다. 아무래도 은형이 누나가 나보다 먼저 봄꽃을 만난 것 같다. 노란 벙어리장갑. 이제야 들고 누나에게 간다. 오늘은 꼭 말해야지. 누나, 늦었지만 생일 축하해.

은형이 누나는 3개월째 병원에서 심리 치료를 받고 있다. 그 사이 나는 27킬로그램이나 살이 빠졌고 3학년이 되었다. 키도 반 뼘쯤 자랐고. 은형이 누나도 곧 퇴원해서 학교로 돌아올 것이다. 아픈 꿈은 아픈 꿈대로 의미가 있다. 슬픈 꿈은 슬픈 꿈대로 의미가 있다. 은형이 누나와 함께한 그 시간들이 없었다면 지금의 봄이 나에게 어떤 의미가 있을까? 복수초와 산수유꽃, 개나리꽃과 진달래꽃, 벚꽃과 라일락꽃이 순서대로 오는 봄 정도의 의미가 아니었을까?

아아, 나는 지금 은형이 누나를 만나러 간다. 누나가 나를 기다리는 골목으로 간다. 누나가 빛나는 꽃등을 다시 켜 들고 비추어 주는 골목. 누나가 만난 봄 손님을 보려고 지금쯤 기수도 걸어가고 있을 그 골목. 좀 샘이 나긴 하지만 그래도 난 행복한 걸음걸이로 성큼성큼 그리 걸어간다.

"슬픔도 시간이 지나면 향기가 나!"

이 작품에 등장하는 선웅이가 은형이를 위로하며 들려준 말입니다. 마음과 영혼이 아픈 친구를 위해 이렇게 위로할 줄 아는 청소년이 우리 곁에 여전히 존재합니다. 밤하늘의 노란 달이 꼭지째 익어 지상으로 떨어질까 걱정하고, 자기 발바닥에 눌려 죽은 왕개미를 위해 눈물을 흘리는 감수성 넘치는 선웅이 같은 친구가 여전히 우리 곁에서 살아가고 있습니다. 어른들의 기억 속에서 흐릿해진 순수의 세계를 전과 다름없이 지키며, 자신과 타인의 아픔과 슬픔을 공유하고 오늘도 건강한 성장통을 앓는 청소년의 이야기, 단순히 허구 속의 이야기만이 아니란 사실을 쓰고 싶었습니다.

흔히 중2병이라는 표현이 사회적 관용어로 통할 만큼 청소년의 일탈 행위가 뉴스나 기사를 통해 지속적으로 전달되고 있습니다. 저 아이들과는 눈만 마주쳐도 위험해! 무리를 지어 모여 있기만 해도 어딘가 불량해 보여! 어느 때부턴가 어른들은 사회적으로 불거진 청소년 비행 소식을 접하며 그들 모두를 미성숙하고 위험하고 성찰 능력이 없는 존재로 일반화하고 있는 것은 아닌지 우려하는 마음이 들었습니다.

교내는 물론 사회 음지에서 일어나는 청소년의 왕따, 폭행, 성범죄, 절도, 방화, 자동차 사건 등은 소년법 폐지 국민 청원으로 이어지기도 했습니다. 촉법 소년들이 나이가 어려 처벌을 받지 않는 현실을 법적으로 개선해야 한다는 것이었습니다. 청소년의 범법 행위는 그만큼 사회적으로 충격을 주고 있습니다. 동급생과 교사를 향한 적대적 폭언과 폭행 사건을 접하며 어른들은 청소년기가 더 이상 순수한 시기가 아니라고 결론지었습니다. 자신들의 순수했던 청소년기를 현재의 청소년기에 비교하는 것은 시대적 착오라고 치부합니다.

그러나 여전히 '보석처럼 반짝이는', '청개구리처럼 짓궂은', '이슬처럼 명랑한' 등의 동화 속 표현과 어울리는 청소년들이 구심점으로 존재한다는 사실이 중요합니다. 빗속에 강연을 갔을 때 아낌없이 자신의 우산을 저에게 주고 달려가던 친구가 기억납니다. 집보다 논과 밭이 더 많은 시골 학교로 강연을 갔을 때 "여기까지 와 주셔서 고맙습니다!" 하고 창가에 매달려 손을 흔들던 친구들이 떠오릅니다. 2층에서 가방을 땅으로 던지곤 잽싸게 달려 내려와 "사인 받는 거, 내가 일등이야!" 하고 소리치던 친구도 생각납니다. 그들은 충분히 타인과 세상과 교감하며 그 시기를 건강하게 보내고 있었습니다.

몇 해 전만 해도 청소년의 희망 직업 세 손가락 안에는 '공무원'이 어떤 꿈의 원칙처럼 들어 있었습니다. 두 해 전에는 공무원 시험에 합격해 고등학교 졸업 전에 사회 구성원으로 나아간 청소년도 있어서 화제가 되었습니다. '꿈'과 '용기'는 동의어라고 생각합니다. 언제부턴가 어른들의 요구대로 청소년들은 '용기'를 슬쩍 외면하고 '꿈'만 향해 달렸던 것은 아닐까요? 다행히도 올해 청소년의 희망 직업 조사를 보고 아아, 우리 사회와 교육이 건강하게 유지되고 있구나 하고 고개를 끄덕였습니다.

2020년 청소년 희망 직업군 20위권 안에 운동선수, 간호사, 가수, 뷰티 아티스트, 만화가(웹툰 작가), 헤어 디자이너 등이 당당하게 박혀 있었습니다. 교사, 의사, 변호사, 판사와 같은 획일적인 '꿈'에서 벗어나 다양한 '꿈'을 희망으로 적어 놓았습니다. 희망 직업 선택 이유 첫 번째가 '내가 좋아하는 일이라서'였고, '내가 잘 해낼 수 있을 것 같아서'가 두 번째였습니다. '돈을 잘 벌 수 있을 것 같아서'란 대답보다 좋아하고 잘 해낼 수 있는 일이어서 그 꿈을 선택했다는 답변이 좋았습니다. 그래서 동화 작가를 꿈꾸는 선웅이와 같은 낭만적 세계관의 주인공이 등장하는 것도 무척 재미있겠다는 생각을 했습니다.

이 작품의 등장인물인 열다섯 살 선웅이와 은형이, 기수는 '꿈'과 '용기'를 함께 품고 청소년기를 건너가는 주인공들입니다. 나의 기쁨을 타인과 나누는 마음, 타인의 아픔을 나의 것처럼 느끼는 마음을 보여 주는 인물들입니다. 또한 열다섯 인생이 느끼는 세계의 외압, 이를테면 다문화 가정에 대한 편견에서 비롯한 왕따 문제, 청소년을 미성숙한 존재로 대하는 행위, 타인의 고통에 선뜻 공감하지 못하는 어른들의 이중적 모습이 음영처럼 자리한 세상을 건전한 사고로 대응하는 인물들이기도 합니다.

기린은 선웅이의 상상 속 동물입니다. 선웅이가 은따로 살면서도 밝고 긍정적인 성격으로 동화 작가를 꿈꿀 수 있도록 동행한 동지입니다. 청소년기에 우리는 누구나 이 기린과 같은 동행자를 만나 복잡한 인간관계를 헤쳐 나갑니다. 그 대상은 부모일 수도 있고 스승일 수도 있고 친구일 수도 있으며 상상 속의 기린일 수도 있습니다. 상상력의 세계가 바다처럼 넓을수록 건강하고 바람직한 가치관을 정립하는 청소년기를 보낼 수 있습니다.

선웅이가 은형이와 함께 걸었던 장미꽃 넝쿨 너울진 골목을 지금도 건너고 있을 청소년 친구들에게 말하고 싶습니다. 아프면 아프다고 말하자. 슬프면 슬프다고 말하자. 외로우면 외롭다고 말하자. 그 골목을 혼자 건너기에 아직 단단한 영혼은 아니니까. 그 골목을 혼자 건너기에 아직 어른은 아니니까. 선웅이처럼, 고양이 삼백이처럼, 그래, 사바나 초원에서 건너온 기린처럼 누군가 하나는 분명히 그 말에 귀를 기울여 줄 테니까! 슬픔도 시간이 지나면 향기가 난다고 위로해 줄 테니까!

2020년 겨울,
또 다른 해를 앞두고 김현화 쓰다

243

〈푸른도서관〉에서 만나는 새로운 작가의 풋풋한 성장소설

택배 왔습니다 심은경
우리들의 사춘기 김인해
눈썹 천주하
아버지의 알통 박형권
첫 키스는 엘프와 최영희
우리는 가족일까 유니게
우리들의 실연 상담실 이수종
연애 세포 핵분열 중 김은재
데이트하자! 진 희
파란 담요 김정미

김현화

1968년 대전에서 태어났으며, 충남대학교에서 국어국문학 박사 학위를 받고 같은 대학교에서 강의를 하고 있다. 1999년 동화 「천도복숭아」로 〈문학세계〉 신인상을, 2000년 동화 「미술관 호랑나비」로 '눈높이아동문학상'을 각각 수상하며 본격적인 작품 활동을 시작했다. 2007년 청소년소설 『리남행 비행기』로 푸른문학상 '미래의 작가상'을 수상했고, 2008년 장편동화 『구물두꽃 애기씨』로 MBC 창작동화대상을 수상했다. 지은 책으로 동화집 『별』, 장편동화 『뻐꾸기 둥지 아이들』, 『동시 짓는 오일구씨』, 『구물두꽃 애기씨』, 청소년소설 『리남행 비행기』, 『조생의 사랑』, 『기린이 사는 골목』 등이 있다.

푸른도서관

푸른도서관은 '10대에서 20대까지' 눈부신 성장을 거듭하는
'푸른 세대'를 위한 본격 문학 시리즈입니다.
당대 청소년들의 현실을 생생하게 반영한 성장소설과
다양한 시대상을 반영한 역사소설,
청소년시집 그리고 흥미진진한 판타지에 이르기까지
국내 작가들이 공들여 창작한 감동적인 작품들을
푸른도서관에서 더 만나 보세요!

1. 뢰제의 나라 강숙인 지음
교통사고로 가사 상태에 빠진 열두 살 소년이 저승사자의 손에 이끌려 저승인 '뢰제의 나라'를 여행하면서 벌어지는 모험담을 담은 판타지소설.

★ 윤석중문학상 수상작 ★ 동화읽는가족 추천도서

2. 아버지가 없는 나라로 가고 싶다 이규희 지음
아픈 결핍의 가족사를 벗어던지고 마침내 더 너른 세상을 향해 나아가는 소녀를 통해 성장의 의미를 곰곰이 곱씹게 해 주는 가슴 뭉클한 성장소설.

★ 세종아동문학상 수상작가

3. 까망머리 주디 손연자 지음
좋아하는 남학생에게 외모에 대한 조롱 섞인 말을 듣고, 입양아인 자신이 미국 사회의 이방인이라는 사실을 깨닫는 사춘기 소녀 주디가 정체성을 찾아가는 이야기.

★ 책따세 추천도서 ★ 학교도서관사서협의회 추천도서 ★ 부산광역시교육청 독서인증제 권장도서

8. 화랑 바도루 강숙인 지음
부모님을 일찍 여읜 바도루가 김춘현 장군 밑에서 생활하며 그의 자제인 경천과 함께 피나는 노력과 뜨거운 우정을 나누며 꿈에 그리던 화랑이 되는 이야기를 그린 본격 역사소설.

★ 동화읽는가족 추천도서

10. 마사코의 질문 손연자 지음
일본인 소녀의 입으로 일본인의 죄를 묻는 이야기. 일제 강점기에 우리 민족이 겪은 온갖 수난을 생생하고 절실하게 그려 낸 9편의 작품이 실려 있다.

★ 세종아동문학상 수상작 ★ SBS 어린이미디어대상 수상작 ★ 한우리독서토론논술 필독도서

11. 아, 호동 왕자 강숙인 지음
비극적 사랑의 대명사 호동 왕자와 낙랑 공주. 그들이 정말 사랑하는 사이였는가에 대한 의문으로 시작된 역사소설. 우리가 알고 있던 이야기를 뒤집어 전혀 새로운 시각을 제시한다.

★ 한우리독서토론논술 필독도서 ★ 서울독서교육연구회 추천도서 ★ 책읽는교육사회실천협의회 추천도서

12. 길 위의 책 강 미 지음
'책'을 통해 자연스럽게 자신의 고민과 방황을 해결하고 상처를 치유해 나가는 여고생들의 이야기를 잔잔하게 그렸다. 청소년들을 위한 성장소설들이 '책 속의 책'으로 가득 담겨 있다.

★ 제3회 푸른문학상 수상작 ★ 책따세 추천도서 ★ 문화체육관광부 우수교양도서

13. 느티는 아프다 이용포 지음
'지금 여기'의 '가장 낮은 곳'을 이야기하는 성장소설. 독자들에게 이웃을 바라보는 시선을 바꾸고 존재의 소중함을 돌아볼 수 있는 시간을 마련해 준다.

★ 한국문화예술위원회 우수문학도서 ★ 평화박물관 선정 청소년 평화책

14. 발끝으로 서다 임정진 지음

베스트셀러 『행복은 성적순이 아니잖아요』의 임정진 작가가 펴낸 청소년소설. 낯선 땅으로
홀로 유학을 떠난 주인공을 통해 조기 유학생활의 어려움과 외로움을 절절하게 그렸다.
★ 책따세 추천도서

15. 마지막 왕자 강숙인 지음

역사의 그늘에 가려져 있던 인물이자 신라의 마지막 왕인 경순왕의 아들 마의태자를 주인공
으로 한 역사소설로, 그의 새로운 영웅적 면모를 보여 준다.
★〈중앙일보〉좋은책 100선 선정도서 ★ 어린이도서연구회 청소년 권장도서

16. 초원의 별 강숙인 지음

마의태자를 주인공으로 한 『마지막 왕자』의 후속작. 사라져 버린 나라를 그리워하던 주인공
새부가 광활한 만주 대륙에서 아버지의 꿈을 이루는 과정을 흥미진진하게 그리고 있다.
★ 동화읽는가족 추천도서

18. 쥐를 잡자 임태희 지음

원치 않는 임신을 한 여고생의 이야기로 성에 대해 여전히 취약한 우리 청소년의 현실을 돌
아보고 위험성을 인식하게 만든다. 동시에 대책 마련이 시급하다는 사실을 새삼 일깨운다.
★ 제4회 푸른문학상 수상작 ★ 아침독서 청소년 추천도서 ★ 어린이도서연구회 청소년 권장도서

19. 바람의 아이 한석청 지음

우리나라 아동청소년문학 최초로 발해를 소재로 한 장편역사소설. 고구려 멸망 뒤 옛 고구려
지역에 살던 이들의 비참한 삶과 나라를 되찾고자 하는 투쟁을 생생하게 그려 냈다.
★ 한우리독서토론논술 필독도서 ★ 책읽는교육사회실천협의회 추천도서

21. 리남행 비행기 김현화 지음

봉수네 가족이 북한을 탈출해 리남행 비행기에 오르기까지의 여정이 긴장감 있게 그려져 있
다. 온갖 역경 속에서도 인간애와 가족애를 잃지 않는 모습이 진한 감동을 선사한다.
★ 제5회 푸른문학상 수상작 ★ 책따세 추천도서 ★ 한국문화예술위원회 우수문학도서

22. 겨울, 블로그 강 미 지음

자신만의 길을 찾아가는 청소년들이 종횡무진 활동하는 네 편의 작품을 담았다. 청소년들의
일상을 정확하고 섬세하게 묘사하여 그들이 나아갈 수 있는 길을 오롯이 보여 준다.
★ 문화체육관광부 우수교양도서 ★ 아침독서 청소년 추천도서 ★ 한국출판인회의 선정 이달의 책

23. 네가 하늘이다 이윤희 지음

1894년 동학 농민 운동을 배경으로 새로운 세상을 꿈꾸었지만 결국 이름조차 남기지 못하고
스러져 간 농민군의 이야기를 감동적으로 그려 낸 대하역사소설.
★ 아침독서 청소년 추천도서 ★ 한국어린이문화대상 수상작

24. 벼랑 이금이 지음

원조 교제, 첫 키스, 협박, 폭력……. 거친 현실의 이면에 감춰진 청소년들의 내면을 섬세하게 다루고 있는 이금이 작가의 연작청소년소설.

★한국문화예술위원회 우수문학도서 ★아침독서 청소년 추천도서 ★네이버 북리펀드 선정도서

25. 뚜깐뎐 이용포 지음

서기 2044년, 한국에서 영어 공용화 법안이 통과된 뒤 영어가 일상어로 자리를 잡은 때와 한글이 박해를 받던 연산군 시절을 오가며 현대인들에게 진지한 성찰의 기회를 제공한다.

★아침독서 청소년 추천도서 ★대한출판문화협회 올해의 청소년도서 ★〈중앙일보〉 선정 이달의 책

26. 천년별곡 박윤규 지음

천 년의 시간을 애증과 그리움으로 버틴 주목나무의 이야기를 절제된 감성으로 그린 작품. 시 형식을 차용한 소설인 '시소설'이란 신선한 장르에 애절한 정서를 잘 녹여 냈다.

★한우리가 선정한 좋은 책

27. 지귀, 선덕 여왕을 꿈꾸다 강숙인 지음

지귀 설화 속에 숨어 있는 선덕 여왕 이야기를 담은 역사소설. 지귀와 선덕 여왕, 김춘추와 김유신 등 시대의 격랑에 휘말린 이들의 삶과 사랑이 독자들의 가슴속에 파고든다.

★책따세 추천도서 ★네이버 북리펀드 선정도서 ★아침독서 청소년 추천도서

28. 청아 청아 예쁜 청아 강숙인 지음

〈심청전〉을 현대적으로 재해석한 소설. 새로운 시각의 심청과 서해 용왕 그리고 그의 아들을 등장시켜 '보이지 않는 사랑 이야기'를 통해 참다운 사랑의 의미를 되새기게 한다.

★한국출판인회의 선정 이달의 책 ★중앙독서교육 선정도서

30. 사라지지 않는 노래 배봉기 지음

세계적 미스터리의 하나인 이스터 섬 모아이 석상의 비밀을 소재로 인간의 파괴적 욕망과 그 것을 극복했을 때 찾을 수 있는 평화를 보여 준다.

★문화체육관광부 우수교양도서 ★네이버 북리펀드 선정도서 ★국립어린이청소년도서관 추천도서

31. 김홍도, 조선을 그리다 박지숙 지음

김홍도의 그림을 통해 그의 삶을 다룬 연작으로, 작가 특유의 상상력과 깊이 있는 통찰력으로 '인간 김홍도'의 삶을 생생하게 되살려낸 본격 역사소설이다.

★문화체육관광부 우수교양도서 ★〈소년조선일보〉 추천도서 ★아침독서 청소년 추천도서

32. 새가 날아든다 강정규 지음

한국 전쟁을 직접 경험한 세대가 전쟁과 분단과 이산이라는 문제를 다른 시각에서 조명한 작품. 역사의 굴곡을 넘어 당대의 사람들이 더불어 살아가는 이야기를 일곱 편의 소설에 담았다.

★아침독서 청소년 추천도서

34. 밤나무정의 기판이 강정님 지음

1950년대를 배경으로 소년 기판이의 각별하고도 애틋한 성장과 모험과 죽음을 다룬 이야기. 작가 특유의 입담과 사투리에 실린 당시의 일상과 풍속이 눈앞에 생생하게 되살아난다.

★ 한국문화예술위원회 우수문학도서 ★ 대한출판문화협회 올해의 청소년도서 ★ 아침독서 청소년 추천도서

35. 스쿠터 걸 이은 지음

질풍노도의 시기인 청소년기의 한복판에 서 있는 열다섯 살 중학생들을 본격적으로 등장시킴으로써 중학생들의 삶을 밀도 있게 그려 낸 청소년소설집.

★ 한국간행물윤리위원회 우수청소년저작 당선작 ★ 학교도서관저널 추천도서

36. 우리 반 인터넷 소설가 이금이 지음

거짓이 휘두르는 보이지 않는 폭력에 '진실'이 어떻게 왜곡되고 유배되는지를 청소년들의 생생한 세대 묘사와 치밀한 구성을 바탕으로 보여 준다.

★ 네이버 북리펀드 선정도서 ★ 학교도서관저널 추천도서 ★ 국립어린이청소년도서관 추천도서

37. 열네 살, 비밀과 거짓말 김진영 지음

습관적인 도둑질에 빠져들면서 비밀과 거짓말이 늘어나게 된 평범한 열네 살 소녀 하리가 다시 삶의 진실을 찾아가는 성장소설.

★ 한국간행물윤리위원회 청소년 권장도서 ★ 문화체육관광부 우수교양도서

38. 허황옥, 가야를 품다 김정 지음

먼 바다를 건너 가야로 온 인도 아유타국 공주 허황옥의 삶을 조명하면서, 철을 바탕으로 국제 무역의 중심지로 자리했던 가야의 역사를 생생히 전하는 역사소설이다.

★ 학교도서관저널 추천도서 ★ 대한출판문화협회 올해의 청소년도서

40. 그래도 괜찮아 안오일 지음

현실의 부정과 좌절에 길항하는 청소년들의 고민을 진정성 있게 담아낸 청소년시집. 청소년들이 지닌 '생기'를 유감없이 보여 주며 긍정과 희망의 메시지를 전한다.

★ 한국간행물윤리위원회 우수청소년저작 당선작 ★ 한국문화예술위원회 우수문학도서

42. 조생의 사랑 김현화 지음

조선시대를 배경으로 청년 '조생'이 청나라에 파견되는 연행사로 길을 떠나 사랑과 우정, 정의, 신념 등 삶의 진리를 깨달아가는 과정을 그린 청소년 역사소설.

★ 서울시교육청 남산도서관 사서 추천도서 ★ 〈아침햇살〉 선정 좋은 청소년책

43. 아버지, 나의 아버지 최유정 지음

위탁가정에 맡겨진 열여섯 살 연수가 자신의 친아버지를 찾아 떠나는 여정을 통해 진정한 자아 정체성을 확립해 가는 과정을 밀도 있게 그렸다.

★ 한국문화예술위원회 우수문학도서 ★ 〈아침햇살〉 선정 좋은 청소년책

44. 타임 가디언 백은영 지음

타임 슬립이라는 장치를 통해 개인과 사회에서 일어나는 현실의 문제들을 조명하는 본격 청소년 SF소설. 시공간을 뛰어넘는 구성과 예측할 수 없는 독특한 상상력을 맛볼 수 있다.

★〈아침햇살〉 선정 좋은 청소년책

45. 분청, 꿈을 빚다 신현수 지음

고려 최고의 사기장의 아들인 강뫼가 왜구 침입과 왕조의 변혁 등 극한 시대 상황 속에서 분청사기를 만들기까지의 과정을 흡인력 있게 그린 역사소설.

★대한출판문화협회 올해의 청소년도서 ★아침독서 청소년 추천도서

47. 악어에게 물린 날 이장근 지음

현직 중학교 교사인 시인이 청소년과 함께 호흡하면서 체험한 담백하고 직설적인 언어가 공감을 불러온다. 청소년들 질풍노도가 마음껏 활개 칠 수 있도록 기운을 북돋는 청소년시집.

★책따세 추천도서 ★대한출판문화협회 올해의 청소년도서 ★어린이도서연구회 청소년 권장도서

48. 찢어, Jean 문부일 지음

아르바이트, 집단 따돌림 등 청소년들이 공감할 수 있는 일곱 편의 이야기가 담겼다. 현실에 갇혀 사는 청소년들의 일탈을 유쾌하면서도 진정성 있게 담았다.

★아침독서 청소년 추천도서 ★한국문화예술위원회 우수문학도서

49. 불량한 주스 가게 유하순 외 지음

실수와 시행착오를 반복하다가 돌연 성장의 분기점을 지나는 청소년들의 '오늘'을 포착했다. 좌절과 반성의 언어조차 싱그러운 청소년들을 응원하게 만드는 네 편의 단편소설 모음.

★제9회 푸른문학상 수상작 ★아침독서 청소년 추천도서 ★네이버 북리펀드 선정도서

50. 신기루 이금이 지음

엄마와 엄마 친구들과 함께 몽골 사막 여행을 떠난 열다섯 다인이가 보낸 6일간의 여정을 통해 또 다른 생명의 고리로 순환되는 모녀 관계에 대한 고찰을 여행기 형식으로 그렸다.

★네이버 북리펀드 선정도서 ★서울시립어린이도서관 추천도서 ★아침독서 청소년 추천도서

51. 우리들의 매미 같은 여름 한 결 지음

섭식장애를 앓고 있는 모녀, 성추행, 보이콧 등 청소년들이 겪는 지독하게 뜨겁고 아픈 이야기가 담겨 있다. 청소년들이 자신 그리고 세상과 화해하는 여정을 솔직담백하게 그렸다.

★한국문화예술위원회 우수문학도서 ★네이버 북리펀드 선정도서

52. 모래시계가 된 위안부 할머니 이규희 지음

일본군 위안부로 끌려가 꽃다운 처녀 시절을 유린당한 황금주 할머니의 실제 이야기를 김은비라는 소녀의 이야기와 엮어 액자 형식으로 쓴 소설로, 일본어로도 번역 출간되었다.

★국제펜문학상 수상작 ★학교도서관저널 추천도서 ★경기도교육청 추천도서

75. 별에서 별까지 신형건 지음

지난 30여 년간 아이들과 어른들 모두에게 사랑받는 동시를 써 온 시인의 작품 중 특별히 청소년들에게 공감을 살 만한 시들을 골라 엮었다. 자극적이지 않은 언어로 마음을 어루만지는 청소년시집.

★대한민국문학상 수상작가 ★한국출판문화산업진흥원 청소년 권장도서

76. 뱅뱅 김선경 지음

어른들은 몰라서 더 재미있는 진짜 우리 이야기, 지금 청소년들의 속마음을 거침없이 그려 낸 개성 강한 청소년시집. 긴 방황의 끝에서 진정한 자신을 찾기를 바라는 시인의 바람이 담겼다.

★어린이도서연구회 청소년 권장도서 ★아침독서 청소년 추천도서 ★학교도서관사서협의회 추천도서

77. 우리들의 실연 상담실 이수종 지음

실연 극복 프로젝트에 참가하는 다섯 명의 아이들이 서로를 보듬으며 사랑의 아픔을 극복하는 과정을 담았다. 청소년들의 마음결을 다독이는 위로의 목소리는 다시 사랑할 에너지를 불어넣는다.

★제12회 푸른문학상 수상작가 ★학교도서관사서협의회 추천도서

78. 연애 세포 핵분열 중 김은재 지음

꽃보다 아름다운 열일곱 살 청춘들이 진정한 사랑을 찾기 위해 나섰다. 아름다운 사랑을 꿈꾸지만, 사랑에 서툴러 좌충우돌, 고군분투하는 청소년들의 성장을 그린 여섯 편의 청소년소설을 한데 엮었다.

★제13회 푸른문학상 수상작가 ★학교도서관저널 추천도서 ★아침독서 청소년 추천도서

79. 데이트하자! 진 희 지음

옴니버스 형식으로 구성된 다섯 편의 단편으로 이야기의 구조적 완결성과 섬세한 심리 묘사가 뛰어나다. 청소년 특유의 발랄한 일상과 그 안에 깃든 고민, 성장통을 따뜻한 시선으로 담아냈다.

★제13회 푸른문학상 수상작가 ★학교도서관저널 추천도서 ★울산남부도서관 올해의 책

80. 세 번의 키스 유순희 지음

현대 미디어의 중심이 된 '아이돌'과 그들의 일거수일투족을 놓치지 않으려는 '사생팬'의 심리를 날카롭게 포착했다. 언제든 다시 출발선에 설 수 있는 청춘의 무한한 가능성을 깨닫게 한다.

★제8회 푸른문학상 수상작가 ★국어 교과서 수록작가

81. 파란 담요 김정미 지음

「스키니진 길들이기」로 제12회 푸른문학상 '새로운 작가상'을 수상하며 깊은 인상을 남겼던 김정미 작가의 첫 청소년소설집. 청소년들의 다양한 고민들을 폭넓게 아우른 여섯 편의 소설이 그들의 상처입은 마음을 따스하게 위로한다.

★한국문화예술위원회 문학나눔 선정도서 ★학교도서관저널 추천도서 ★학교도서관사서협의회 추천도서

82. 그 애를 만나다 유니게 지음

완벽하다고 믿었던 일상이 한순간에 무너진 순간, '그 애'가 나타난다. 그 애와 함께하는 동안 자신이 진정으로 바라는 모습이 무엇인지 고민하며, 절망을 희망으로 바꾸어 나가는 주인공의 성장기가 진한 감동을 선사한다.

★아침독서 청소년 추천도서 ★학교도서관저널 추천도서 ★학교도서관사서협의회 추천도서

83. 너를 읽는 순간 진 희 지음

바쁜 현대의 삶 속에서 따뜻하게 보살핌받지 못하는 우리 청소년들의 아픔과 외로움을 고스란히 담았다. 주인공 '영서'를 향한 다섯 인물들의 연민과 동정, 질투나 죄책감 같은 본연의 감정들이 엇갈리듯 그려진다.

★한국문화예술위원회 문학나눔 선정도서 ★대한출판문화협회 해외전파사업 선정도서

84. 기린이 사는 골목 김현화 지음

타인의 고통에 둔감한 현대인들의 마음속 순수의 세계를 밝혀 줄 이야기. 아픔과 슬픔을 공유하고 건강한 성장통을 앓는 열다섯 살 선웅, 은형, 기수의 가슴 따뜻한 이야기가 펼쳐진다.

★제5회 푸른문학상 수상작가

85. 불량한 주스 가게 유하순 지음

엉뚱하고 변덕스러운 에너지가 넘치는 청소년들의 '오늘'을 포착했다. 무한대로 확장될 수 있는 경이로운 이야기를 품은 청소년들을 응원하게 만드는 다섯 편의 단편소설 모음.

★제9회 푸른문학상 수상작 수록

*〈푸른도서관〉 시리즈는 계속 나옵니다!

푸른도서관 84

기린이 사는 골목

초판 1쇄 / 2021년 1월 30일 초판 2쇄 / 2023년 1월 25일
지은이 / 김현화
펴낸이 / 신형건
펴낸곳 / (주)푸른책들
등록 / 제321-2008-00155호
주소 / 서울특별시 서초구 양재천로7길 16 푸르니빌딩 (우)06754
전화 / 02-581-0334~5 팩스 / 02-582-0648
이메일 / prooni@prooni.com 홈페이지 / www.prooni.com
인스타그램 / @prooonibook 블로그 / blog.naver.com/proonibook

글 © 김현화, 2021

ISBN 978-89-5798-662-2 03810

(주)푸른책들은 도서 판매 수익금의 일부를 초록우산 어린이재단에 기부하여
어린이들을 위한 사랑 나눔에 동참합니다.